翻 譯 新 究

思 果 著

MORE STUDIES IN TRANSLATION
BY
FREDERICK TSAI

"*A badly written book is only a blunder. A bad translation of a good book is a crime.*"

······GILBERT HIGHET

目　　錄

序

　　自從「翻譯研究」（香港友聯出版社，1971；臺灣大地出版社，1972）出版以後，將近十年來我仍然在研究翻譯。我對翻譯的研究本已厭倦，打算從此丟手。但是有一次在中文大學中國文化研究所演講「中英文的大別對翻譯的關係」，事後博學如嚴耕望先生竟對我說，「你說翻譯是小道，其實不對。翻譯極其重要，因為我們一生精力有限，不能懂得各種文字；即使懂一些，也不能看很多書。所以要靠翻譯才能接觸到各國古今的學術名著。」他認為馮承鈞對史學的貢獻在陳寅恪之上。這真是我做夢也沒有想到的。馮先生除了自己著述之外，還譯了很多重要的歷史論文和書籍，如伯希和等漢學的著作，輯於他的「西域南海史地考證譯叢」，沙海昂（A.J.H. Charignon）著的「馬可波羅行記」等，都是研究東西交通史的要籍。譯文極好，既不像嚴復的那樣古奧難明，也不像時下的那樣歐化生硬。嚴先生還說，一家之言，不免於專精，不是一般人可以讀的，而馮承鈞的書倒是凡學歷史的都可以得到它益處的。如此說來，我今後還要繼續研究下去，如有發見，寫它出來，也可以供別人參考。

　　我寫「翻譯研究」的時候，曾經抱歉地說過，「我是寫散文的人，所以我的要求是譯文要像我佩服的散文家的散文……」近年來

教翻譯，發見自己總在教人寫中文。不過這也不僅僅是我如此，任
何教翻譯的人都有這個經驗。其實英國企鵝翻譯叢書主編和別的譯
界權威都重視譯文的通暢，我抱同樣的主張，無須道歉。誰的譯文
不該像散文家寫的流利清通的散文呢？

　　我最近才發見，我做的並不是翻譯研究，而是抵抗，抵抗英文
的「侵略」，英文的「帝國主義」（這是日本人T・宮澤說的：
"the imperialism of the English language"）；我相信中國人
寫了幾千年文章，說了幾萬年話，用不著跟別人學，也可以表達自
己的思想情意。遇到說法不同的時候，我就不服氣，費力也要找出
中文原來的表現法和字眼來。如此而已。倘使別人覺得英文的表現
法新奇，他儘管採用好了。八年抗戰，中國軍民流血流汗，千辛萬
苦，所爲何來？如果一開始就投降，什麼麻煩就都沒有了。我們如
果對英文投降，不必研究什麼翻譯，怎麼方便就怎麼譯，不必問，
「我們中國人表達這個意思，原來是怎樣說的？」也不必問，「這
句譯文像中文嗎？」

　　我早說了，非洲沒有高級翻譯，他們只要把英、法等外文全盤
搬來就行了。這就好比基督教在非洲容易傳，很快全國都領洗皈
依，而在中國，三百多年成績平平，因爲中國不但有別的宗教，人
民的倫理標準已經很高，樣樣要比較一下。西方來華傳教的人無不
辛苦異常。我們把外文譯成中文，也同樣辛苦。

　　書裡有些主張可能會給譯者惹來麻煩；譯法太大膽，和原文的
「字」大不相同，「這」可能變成「那」，「下」可能譯成
「上」，「你」可能變成「我」，如果給外行去校閱，會大不以爲
然。他會問，「英文給你譯到那裡去了？」這個官司是沒有地方可
以打的。譯者爲了飯碗，不妨讓步，反正自己明白就是了。

　　另一方面，我的譯法也有點危險；譯者如果中英文的根基都不很紮實，照我的方法譯可能走樣走得更離奇。歸根結柢，中英文要極有把握才能消化。所以用我的主張譯書，要格外謹慎。

　　大體上這本書是前一書的續編，但書裡討論的主要是新的發見，只有一小部分是前書提過，要加補充的，如「代名詞」、「被動語態」等。此外是幾篇在報刊上發表過論翻譯的文章，附錄在這裡。

　　這本書裡有些比較專門的討論，初學的人看起來不一定容易懂，但是耐心研究，總可以明白我的用意。看不懂的地方，日後自己做翻譯做久了會碰到，到了那時候自然會懂。

　　我寫兩書前後相隔八九年，或者有說重複了的話，本書中也有重複的話，統請讀者原諒。有些重複說的話可能是比較重要的。

　　我蒐集的資料很多（事實上永遠蒐不完），但是整理下來，能用的並不多。不少資料看看很好，可是一旦要分類、組織、說明某一要點，竟非常困難，而且並不太適合。有些要點想到的時候記得太簡，日子一久，竟不記得當時著眼在那裡，也只得割愛。還有用心寫下來的，一次一次地修改，也沒有改到完美的地步，仍舊有丟掉不用的。這就是這種令人失望的工作。如果照我的意願，最好不分章節，一氣講下去。這當然不行。無論如何，和前書一樣，有些章節實在沒有很大的分別，如談中文的各章。若是有人責備我不合科學，不合邏輯，我完全無法（也不打算）自辯。不過我自信這本書和前書一樣，對研究翻譯的人是有點用處的。

　　這也是永遠研究不完的一門技術，我只有慢慢蒐集資料，慢慢寫。諸如我時常發見學生的譯文不是沒有譯足，就是譯過了分。這就是很好的一章。還有文學翻譯各作家體裁的問題。這些只有俟諸

異日再來細談。

　　翻譯的討論固然永無止境，但總結一句，也只有三個字「去字梏」，就是擺脫字的牢籠桎梏。中譯英、英譯中完全一樣。

　　這本書最好題名為「翻譯研究續輯」，不過這個名稱第一、出版人不會喜歡，第二、也表示我偷懶。所以改了現在的書名。

　　本書裡提到的「英國」、「英國人」，包括「美國」、「美國人」和所有說正規英語、寫正規英文的國家和人民在內，雖然他們的英文有些地方分別很大。男子也代表女子。現在爭取女權的人會反對這種做法，但是「他和她」、「他或她」（最好「她和（或）他」）說起來太累贅，誰也不會贊成；而如果用「她」代表一切，也會引起誤會，說我這本書是專門寫給女性讀的。

　　本書承劉殿爵教授核閱全文。劉教授主持中文大學很多重要部門，任重事繁，絕不能為這種瑣事分心。我之敢於請求，有個道理。我以前寫的「翻譯研究」，香港已經再版，臺灣重印六次，讀者似乎不少。這本書可能也有很多年輕的讀者，少一個錯誤，多一點啓發，對他們全有影響，經過劉教授一看，我可以安心。我的請求不是自私，是為了公眾。我也寫點散文，恨不得也請他指正，但是那種書就沒有理由麻煩他了。

　　在劉教授核校之前，我曾請詩人黃國彬兄替我從頭至尾看過。他也極忙，抽暇替我校正，這樣就省去了劉教授不少時間。因為他熱心教育，我才敢向他提出此請。

　　又承賴恬昌兄賜閱，提出寶貴意見，非常可感。他主張列表，嫌書裡的敍述嚕囌，確有道理；但因為全書是用談話體寫的，指出不對或不妥，程度有差異，而且一改要全改；我沒有能聽從他的話為歉。也向讀者道歉。

　　宋悌芬兄給我很多協助，還看了一部分稿，指出不妥的地方。特此誌謝。

　　我的書雖然經上述各位審閱，一切責任仍然是我的。還希望明達君子，指疵正誤。

　　香港中文大學比較文學與翻譯中心的鍾佘潔雲女士曾幫助整理原稿繪製圖表，極可感荷，一併致謝。

思　　果

庚申初秋於沙田

第 一 分

一、論翻譯為重寫

　　我們一向以為翻譯是翻譯，不是寫作。這個觀念很害事，可能是學翻譯的人走不通的胡同。翻譯不是翻譯，是重寫。

　　我已經說過，字是桎梏，一定要打破；翻譯要譯意；要找中文來表達原文的意思，情感等等。不過我現在覺得還不夠；不如說要重寫，更容易叫讀者明白我的用心。

　　One 譯成「一」，是翻譯；Only one person came.「只有一個人來」，也是翻譯。不過譯者遇到的，往往不是這種簡單的英文。即使簡單的短句像 One Sunday，都不能譯成「一個星期日」；這不是中文，換句話說，中國人不這樣說。我們要重寫；想想中國人文章是怎樣寫的，話是怎樣說的。中文會寫成「某星期天」，也會寫成（話也是這樣說）「有一天星期天」，或者「有個星期天」。

　　I don't mind who will become the President; it is all one（to me）. 大家都知道不能譯成「我不介意誰做總統；這對我全是一個」。但是即使改成「……對我全是一樣」，也不很合適。我以為中國人有個說法是「不管誰做總統，我看都是一樣。」這是重寫，不是翻譯。其實這才是翻譯。

　　這還算簡單的，長的句子，像這本書裡各章例舉的，重寫並不容易。有時要想很久，要試譯，再修改，重行結構；無法可想的時

候常常有，到末了只好妥協。不過我們要譯文好，不能不努力，不能不小心。能重寫總要重寫，不合中文而硬照字譯，是失敗，也是投降。

　　不會寫中文而要把外文譯成中文，等於沒有米還要煮飯。中文都寫不通，翻譯還能通嗎？（其實中文寫得通順的，譯文都未必通順。）上面所謂重寫，未必人人能夠，因為中文的種類繁多，詞語豐富，不是個個中國人都能全部掌握的。

　　且說公文，不管誰寫，總有個格式。老式的英國政府寫給人民的信，上面稱 Dear Sir，下面署名前面自稱 I am, Sir, your obedient servant。這種文字大家都知道不能直譯，但是不知道中國公文格式的人就不能譯。現在中文一般用「逕啓者」開頭，下用「此致──先生／女士」。至於信裡面的層次先後，也有不同，看情形而定。通常中國信多先述緣由，次述寫信的主旨；英文信先述寫信的主旨，附帶說緣由。翻譯這種信最好重寫。

　　現在子女寫信給父母，父母寫信給子女，當然不會像以往那樣，用「父母親大人膝下，敬稟者……」，「書付某兒覽」那種格式。但子女不能用你；不用「大人」，也要用「您」。至於自稱「男」，「女」雖然可以不用，即使用也沒有不可以。職員寫給上司的信，在美國可以稱他小名，中國可萬萬不能。以往的「鈞座」、「卑職」當然過了時，但是文言信裡稱對方用銜頭，自稱用名，還是一定的格式；如寫白話，也得用「您」字稱對方。我譯 Booker T. Washington 的自傳 *Up from Slavery*（「力爭上游」）裡有幾封總統和他通的信，用了文言，不知道有沒有人反對。那種文言到今天還有人在寫。

　　至於保險單、提單、公司章程、董事會年報、等等文件，多少總要用點文言，如果從來不會寫，就很難翻譯。

　　書的序文、機構的啓事，即使用白話寫，文字也比較緊湊，不能多用俚俗的語句和方言。而小說的對話又要十分合乎說話人的身分和口吻，有時要十分俚俗才對。從不留心教育程度低的人說話用的字眼和語句，想譯這種人說的話極其不容易，也許可以說根本不會譯。

　　不能寫作的人最好不要學翻譯。

　　上面提到的「力爭上游」裡面有幾封信，用的就是中國的文體。現在單舉一封克里夫蘭總統寫給該書作者的信爲例：

GRAY GABLES, BUZZARD'S BAY, MASS.,

OCTOBER 6, 1895.

BOOKER T. WASHINGTON, ESQ. :

MY DEAR SIR: I thank you for sending me a copy of your address delivered at the Atlanta Exposition.

I thank you with much enthusiasm for making the address. I have read it with intense interest, and I think the Exposition would be fully justified if it did not do more than furnish the opportunity for its delivery. Your words cannot fail to delight and encourage all who wish well for your race; and if our coloured fellow-citizens do not from your utterances gather new hope and form new determinations to gain every valuable advantage offered them by their citizenship, it will be strange indeed.

Yours very truly,

GROVER CLEVELAND.

這封信照英文可以譯成：

布克爾‧華盛頓先生：

　　我的親愛的先生：我謝謝您寄給我一份您在亞特蘭大展覽會發表的演講詞。

　　我用很多熱忱謝謝您作這次演講。我以强烈的興趣讀它，並且我想這展覽會如果除了供應一個機會讓它發表以外，並沒有做別的事，也充分有價值了。您的話不能不使所有希望你們種族興盛的人欣喜和鼓勵他們；倘使我們有色的同胞不從您的言論獲得新希望，形成新決心以取得他們公民身分給他們的每一個有價值的利益，那就真正奇怪了。

　　　　　　　　　　　　　　　你的很忠實的，

　　　　　　　　　　　　　　　格羅佛爾‧克里夫蘭。

這篇譯文除了兩個「它」（代表布克爾‧華盛頓的演說）稍微嫌含糊以外，大體上沒有太大的毛病。可是這不很像有總統身分寫給大學校長的中文信。當然「我的親愛的先生」可以改成上面用「逕啓者」，下面用「此致布克爾‧華盛頓先生」，或者像我改譯的格式。不過信的內容重寫更好些。我的譯文如下：

布克爾‧華盛頓先生大鑒：承寄先生在亞特蘭大展覽會發表之演講詞，幸甚。

　　先生此次俯允演講，意極可感。鄙人拜讀之餘，至為關注。竊以為該展覽即使別無所成，僅得先生蒞臨，發表演講，亦不虛此舉矣。凡期望貴種族興盛之人，聆先生言論，當無不欣慰振奮；而黑種同胞聞先生之言，而不獲新希望並下新決心，以求沾

公民身分之種種權利者，亦未之有也。專此敬請

台安。

格羅佛爾・克里夫蘭啟。一八九五年十月六日

這樣譯法可能有人批評，說「英文沒有了」，不忠實，不過這正是克里夫蘭心裡的意思，如果他是中國總統，正會這樣寫。今天寫的文言可能更淺些，也可能一樣。

上面這本書共有十七章，每章有題目，譯成中文是：

一、一個奴隸中的奴隸

二、童年時代

三、爲了一個教育而掙扎

四、幫助別人

五、重建時期

六、黑種和紅種

七、特斯克基的初期

八、在馬廐雞舍中教學

九、焦灼的日，無眠的夜

十、比沒有草而造磚更難的事

十一、要先舖床才能睡覺

十二、籌款

十三、爲五分鐘演說而旅行二千哩

十四、亞特蘭大展覽會的演說

十五、演說的秘密

十六、歐洲

十七、最後的話

這樣譯也可以了，不過標題的譯文比較可以自由，如果譯得整齊一些，更耐人尋味一些，也未嘗不可以改寫。我的譯文是：

　　　　一、奴隸之子

　　　　二、童年時代

　　　　三、求知心切

　　　　四、助人求學

　　　　五、重建時期

　　　　六、紅黑人種

　　　　七、辦學伊始

　　　　八、篳路藍縷

　　　　九、夙夜匪懈

　　　　十、無米之炊

　　　十一、發揮自助

　　　十二、集腋成裘

　　　十三、公開演講

　　　十四、賽會講詞

　　　十五、演講秘訣

　　　十六、歐洲之遊

　　　十七、最後的話

二、五、十七相同，第十三和原文略有出入，有人可能反對。我也不想答辯，也不求別人同意。我譯：Vincent Cronin 的 *The Wise Man from the West*（「西泰子來華記」）各章也用同一譯法。這本書共十四章，每章譯文四個字。我提出這一點並沒有叫別人摹倣的意思，不過是作爲參考罷了。

　　順便說一句，我自己正在譯一本小說，章回仿「紅樓夢」例全試用八字對句，與原文完全不同。這當然不足爲法，但也有好處。因爲原文太簡略，讀者看了不知道各回的內容；中文有兩句，比較詳細，而且也便於記憶。這些對句也費了我很多心思，是否值得，日後書出來再說吧。

　　譯沒讀過書的人說不合文法的對話，當然要用淺陋的中文。這種淺陋的中文並不容易寫，要費很大的心思，而且，有時簡直無法譯到恰到好處的地步，只能妥協。不過無論如何，不能用標準的中文。

　　至於其餘的各種文字，如廣告、傳單、諺語，罵人的話、新聞、書名，帳單、查帳報告，公司董事長年報等等，並沒有一定的寫法，譯文全要畢肖，不能照字死譯。如果說誰也不能做十全十美的譯者，這句話一點也不過分。話雖如此，我們難道不要努力嗎？

　　最近指導學生的翻譯，發見他們譯得極用心，沒有亂添亂省的地方，唯一不足的就是不能重寫。結果還是要大改。（這種改往往不是一個字兩個字，一句兩句的事；拆掉重裝，天翻地覆，和原來譯的大不相同。）學翻譯的人明白了這一點，也可以說已經走上了譯得通的路了。

二、中英文的分別

　　無論什麼人，只要學過一點英文，都知道中英文不同。字眼不
同，文法不同，聲音不同……

　　不過這件事並不太簡單。就和我們天天走過大街，並不見得記
得住它所有的特點：方向、住戶、招牌、景色、交通等等，可能都
只有模糊的印象。至於兩種文字的不同，不是長期翻譯，仔細加以
比較過，絕不容易看出。

　　當然大家都知道，英文完全的句子一定有個主詞，有個主要動
詞；動詞的形式一定要和主詞的數 number 符合，主詞如果是第
三人稱單數，現在式的動詞後面就要加 s；有了關係代名詞，就可
以形成一個名詞從句（noun clause）；有形式的變化 inflec-
tion。諸如此類。不過我所要講的並不是這些。

　　首先，我要提的是希臘畢達哥拉斯（Pythagoras, 582－500
B.C.）和亞里士多德（ Aristotle, 384－322 B.C.）的範疇（cate-
gories）。西方文字的發展和這些範疇有密切關係；到底是先有範
疇，還是先有文法（包括句法 syntax，詞法 morphology
等），我們還不能確定。這大約和先有雞還是先有雞蛋相似，難以
確定。畢達哥拉斯的哲學體系裡有一張對立觀念或現象的表：

　　有限與無限、奇與偶、一與多、右與左、陽與陰、止與動、直
　　與曲、光與暗、善與惡、方與橢圓

亞里士多德的範疇是：

　　實體、分量、性質、關係、空間（處所）、時間、情境（處
境）、狀態、行動、被動

　　這些範疇最引起我注意的是畢達哥拉斯的一與多、陽與陰、止
與動、和亞里士多德的關係、時間、行動和被動。由這些觀念看
來，我們所認爲無關緊要的芝麻小事，西方人看來卻認爲重大非
凡。譬如一是單數，二至無數兆億都是複數。法文的月亮 lune
是陰性，太陽 soleil 是陽性，德文裡的這兩個字的性正好相反
（ Mond, Sonne ）。中國人說起 she, her, hers, he, him, his
總覺得麻煩，我們只有「他」這個字，近年來才有「她」和「它」
（牠）都讀ㄊㄚ（ tā ）的音。

　　中國人用起英文動詞來，時態最麻煩。現在、過去、未來、還
有完成式，正在進行式等，必須在動詞上表現出來。狀態和行動是
迥然不同的，也要在動詞的形式上表現出來。He came here 是行
動 He was coming here 就是狀態了；中國人不能了解這個分
別，因爲中文裡沒有。（譯者見到完成式就用「曾經」是許多大錯
之中的一個。）

　　英文的連接詞功能極爲重要，下面要多講一些，這和亞里士多
德的「關係」這個範疇最有關。爲什麼要有被動語態（ passive
voice ）？是「被動」這個觀念在作祟吧。中國只有陰陽五行可以
跟這些範疇相比，不過陰陽五行雖然影響中國醫學極大，卻絲毫沒
有影響中文文法。

　　翻譯的人最要注意的是一句英文裡各單位的連接。

　　在我所寫的「翻譯研究」裡，我曾畫圖比較過一句中英文的結
構，現在又有些新的發見。茲另舉例說明如下：

It is a curious fact, of which I can think of no satisfactory explanation, that enthusiasm for country life and love of natural scenery are strongest and most widely diffused precisely in those European countries which have the worst climate and where the search for the picturesque involves the greatest discomfort.

ALDOUS HUXLEY: The Country

照我以往知道的，上面這句裡只有兩個 which，一個 where 是連接詞；但是近年研究下來，英文裡的 preposition, conjunction, verb transitive（v.t.）, copulative（連繫動詞，主要的是 be 的各個形式），present and past participles 等全是連接詞，是環。所以上面這句如果把連接詞畫出來，就是這樣的：（見23頁）中國人不習慣這種連法，有時寫英文會不合文法，但翻譯起來，卻必恭必敬地保留這種連法。如果我們明白中文無須照連，譯出來的文章會通順曉暢得多。

照英文的連法，可能譯成：

這是件我不能想出解釋的事，就是正好那些天氣最壞和尋找風景如畫的地方最帶有困難的歐洲國家是對鄉村生活具有的熱情和對自然景色具有的愛心最強烈和最普遍的。

這是最忠實的翻譯，大致也還可以懂，不過看的人吃力些，而且覺得這不是中文。現在我不顧原文的連接法、句法，也不顧原文的字和標點，試譯它如下：

歐洲有些國家，天氣壞透，那裡的人要辛苦一番，才能找到景色
如畫的地方。奇怪，他們恰好最喜歡過鄉村生活，也最愛欣賞天
然風景，而且這個情形也極普遍。這是實情，我怎麼也提不出叫
人滿意的解釋來。

　把它照原文用的字、照中文不連的方法還原，就會譯成像下面
這樣不通的句子：

Europe has some countries, climate is worst, people there
must have greatest discomfort, then can search for the
picturesque, curious, they precisely have the greatest en-
thusiasm for country life, and love of natural scenery, and
this is most widely diffused, this is a fact, but I can never
think of any satisfactory explanation.

當然英文這樣蹩腳的人絕不會用上面這些字；這裡只想說明中英文
連與不連的分別，所以我也不想把話扯得太遠。我的譯文若是到了
會翻譯的人手上，就會譯出像原來的那句一樣的英文，It is a
curious fact……
再舉一個例：

I merely desired to point out the principal reason which I
believe exists for the greater exaggeration which is occa-
sionally to be observed in the estimate of the importance of
the contradiction between current Religion and current

Science put forward by thinkers of reputation. —— Balfour

這一句英文是 H.W. Fowler 和他弟弟 F.G. Fowler 所引，並不是頂好的英文，因爲作者講究派頭，愛用字母很多的字，但正好用來說明英文連接的情形。首先，我畫出連接的圖來：（見24頁）其實，照 Fowler 弟兄看來，直爽的英文是這樣的：

Why, in my opinion, some well-known thinkers make out the contradiction between current Religion and current Science to be so much more important than it is.

試問那個外國人敢把原來的一句譯成 Fowler 弟兄改寫成的這個樣子？絕對沒有。我先譯改寫的：

我的意思哪，是有些出名的思想家把當今的宗教和當今的科學之間的矛盾說得太誇張了，其實不然。

既然浮勒弟兄都可以這樣改寫，我們就有權這樣譯，因爲作者胡謅，咬文嚼字，我們不一定跟他。不過誰有這個膽子呢？
　　現在再把囉嗦的一句試譯成中文：

我僅僅想要指出，有名氣的思想家想出的理論所說的當今宗教和當今科學之間的矛盾的重要性的估計裡偶爾被人看出的我相信存在著的較大的誇張的主要理由而已。

試問誰能懂得這一句語文的意思？英文雖然有毛病，還可以懂，而

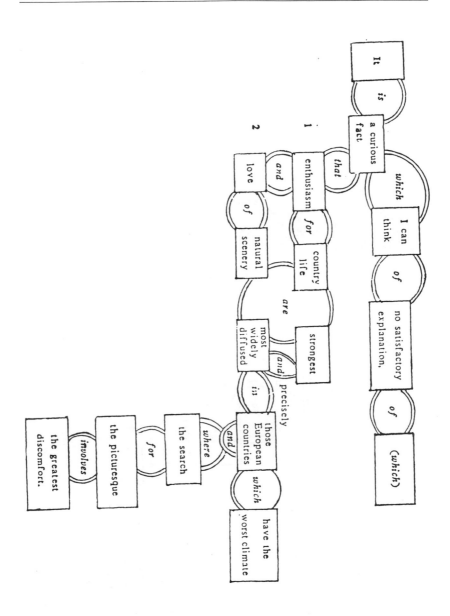

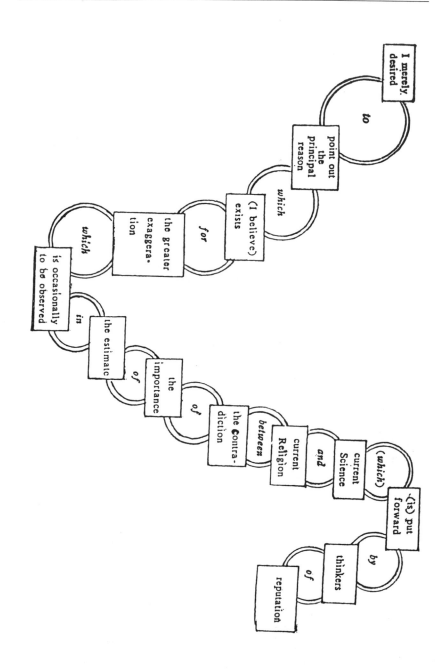

且英文確也可以這樣寫。中文如果也照譯，再糟糕也沒有了。也許折中的，也比較謹慎，免得被人指責的譯文是這樣的：

> 出名的思想家把當今宗教和當今科學之間的矛盾，偶爾估計過
> 高，我僅僅想指出他們這種看法的主要理由是什麼而已。

英文連在一起像九連環，一看就看出來；而中文卻像一盤珠子，各不銜接，但大家心裡有數，上下還是連的，不過不用「環」，沒有連接詞「和」、「是」，也不把修飾語放在名詞的前面而已（如「歐洲」前面的形容詞「天氣最壞」、「尋找風景如畫的地方最帶有困難」）。

　　總之，英文句的結構是一串珠鍊，或是剛才說了的九連環。而中文卻是大珠小珠放在盤子裡或桌上，各粒可以單獨放開，要串起來也可以，不串也可以，不串更自然。

　　中文裡不但有大家知道的「雞聲茅店月，人跡板橋霜」那樣的詩，還有馬致遠這樣的曲：

> 枯籐老樹昏鴉，
> 小橋流水人家，
> 古道西風瘦馬，
> 夕陽西下，斷腸人在天涯。

除了末二句有謂語（下，在），上面一連三句全只有一組組的名詞，當中全沒有連接詞。中國人一讀就明白這些名詞有些什麼關係。這幾句曲如果要譯成英文，勢必要補出許多連接詞，說明枯籐跟老樹有什麼關係，昏鴉在那裡等等，才能成句。

　　又如：「他這個人好極了。」這一句裡就沒有動詞（從前叫
「云謂詞」似乎更好），或繫詞。英文裡一定要說：He is very
nice 這個 is 絕不可少，不但說明他是這樣的人，而且也是個連
繫詞（copulative），把 He 和 very nice 接了起來。

　　英文裡也有可以省去繫詞或動詞等連接詞的情形，但似乎只在
詩裡。如 John Keats 的 *To Autumn:*

Season of mists and mellow fruitfulness,

　　Close bosom－friend of the maturing sun;

Conspiring with him how to load and bless

　　With fruit the vines that round the thatch－eaves run;

To bend with apples the mossed cottage－trees.

　　And fill all fruit with ripeness to the core;

To swell the gourd, and plump the hazel shells

　　Will a sweet kernel; to set budding more,

And still more, later flowers for the bees,

　　Until they think warm days will never cease;

For Summer has o'erbrimm'd their clammy cells.

這首詩頭四行裡面沒有 is，讀者自然明白它的意思。所以英文文
章裡用繫詞，不過是習慣而已。也常常有人照中文的方法說 "He
very nice"，這樣的話，大家也未嘗不可以明白。我說這句話並
不是要改革英文，我只想告訴把英文譯成中文的人，不要太拘泥原
文的「字」；凡在中文裡用不著的字，大膽地撇開就是了。不譯出
來反而更好。

　　字與字之間有關係，就如馬致遠那句「枯籐老樹昏鴉」，我們

可以想像得出是枯籐纏在老樹上；昏鴉棲在老樹上；中文裡不必說明，讀的人自然明白，英文裡則必須說明。

另一差別是一句裡的主詞中文可有可無，通常英文卻非有不可。偶爾也可照中文的寫法省去。可參閱英文的日記，主詞 I 往往省去。中文用一個人做一句的主詞，以後接連好多句裡如果主詞還是他，就都可以免。試看下面這段文字：

> ……那雨村心中雖十分慚恨，卻面上全無一點怨色，仍是嘻笑自若，（他）交代過公事，將歷年做官積的些資本並家小人屬送至原籍安插妥協，卻是自己擔風袖月，遊覽天下勝跡。
>
> 　那日（雨村）偶又至淮揚地面，因聞得今歲鹽政點的是林如海。……（紅樓夢第二回）

上面括弧裡的字全是正文裡沒有的，下面即使換了一段，沒有主詞看下去也還是明白。把英文譯成中文，遇到同樣的句子，要有膽量省去用不著的主詞。如果照用，當然沒有什麼不可以，不過累贅罷了。

文字不同的地方，有時不是我們容易體會得到的。我已經說了主詞可以省略的事了。關於代名詞還有一個特點，常常給譯者忽略了。就是語音方面的異同。隨便舉一個例：

> He wanted her to get rid of her sister, but she thought he did not understand her sister's helplessness, and found him too heartless to notice it.

這一句裡的 he, her, it，聲音全不同，所以原文念起來不成問題，聽的人自然能懂。可是中文裡他、她、它的聲音相同，照原文譯出來，沒有人能懂。詳細的例見「代名詞」一章。

中文時常用兩個相對的詞來說一個現象，如「成敗」、「得失」，我在「翻譯研究」裡已經提過，這完全是因為中文是單音詞，才能這樣並用。還有中文用數字也有同樣的情形，如「七七八八」，表示快完成了，「這件事也做得七七八八了」，此外，「三頭六臂」，「七上八下」，都是一樣。拿「三」字來說，有「三三五五」、「三三兩兩」、「三心兩意」、「三令五申」、「三旬九食」、「三言兩語」、「三姑六婆」、「三長兩短」、「三墳五典」、「三頭六臂」、「三翻四覆」等等。「一」字的更多，「一人傳十」、「一刀兩斷」、「一日千里」、「一日三秋」、「一目十行」等無數條。不是單音詞，絕沒有這種結合。因此把中文譯成英文，不可拘泥字面。英文譯成中文，當然也可以有這種變通。例如 quality of soil 不必譯成「土壤的質地」，大可譯成「土質的沃瘠」。這個「沃瘠」是我造的。

中文不喜歡用幾個動詞或分詞管一個賓詞。如 drying and preserving certain crops 不可譯成「晒乾和保存某些作物」；動詞之間加個「和」字並沒有好處，反而更糟，儘管現在有許多人這樣譯，也譯了很久，害得寫作的人摹仿起來。這不是中文，永遠不是中文。我們寫中文的方法是用個「把」字（現在大家似乎忘記中文還有「把」字，「就」字）：「把某些作物晒乾，保存起來」。更複雜的如：「把它切碎、晒乾，裝進瓶子，收藏起來」。

英文多用名詞，據 Wifred Stone, J. G. Bell 合著的 *Prose*

*Style**書裡說，這並不高明。他們主張少用名詞，多用動詞。舉十五年前寫的一句英文：This book tells you how to promote local sports without spending much money, 到如今會改爲 The subject of this book is low-budget sports promotion techniques, 他認爲現代的寫法沉重而無生氣；不但是動詞讓位給名詞，而且名詞也失掉了本身的色彩。還有一句：There has necessarily been a *tendency* on the *part* of *researchers* to continue *studies* with *equipment* now approaching *obsolescence.* 裡面所有改爲斜體字的全是名詞。把它改寫之後，就成了 *Researchers* have necessarily gone on using obsolescent equipment. 這一句只有兩個名詞，而上一句卻有六個。上一句用了十九個字，這一句只有七個。中國人妄學英文寫法，用許多名詞，眞太不可解了。用名詞的毛病，別處也會提到。

"It seems to us," said she, "Prudent, Mr. Traddles, to bring these feelings to the test of our own observation. At present we know nothing of them, and are not in a situation to judge how much reality there may be in them. Therefore we are inclined so far to accede to Mr. Copperfield's proposal as to admit his visits here."

這一段英文裡的 observation, reality, visits 全是名詞，譯者照譯成「（我們的）觀察」、「（多少）眞實」、「（他的）訪問」，也不足爲怪。不過我們大可以把名詞化爲敍述，就成了自然

---

*McGraw-Hill Book Company. 1977.

的中文了：

> 「我們好像覺得」，她說，「闕都斯先生，他們相愛，我們要好
> 好觀察一下，看看是否實在，才算妥當。我們現在一點都不知
> 道，也無法斷定，他們愛得多麼真誠。所以考勃菲爾先生提議，
> 要常常到此地來，到目前爲止，我們打算答應他。」

　　文字的構造不同，發展、運用就不同。我們要知道中英文的構
造、發展，然後才能夠運用。就如中文因爲是單音詞，所以顛倒、
重複，非常方便，既便於押韻，又容易排列整齊。律詩的工整，尤
其可驚，雖然不免流於文字遊戲，或賣弄技巧，然而的確不是別種
文字可以及到萬一的。
　　中文詞的結構非常自由，運用之妙，存乎其人。拿「情」字來
說，就有下面這些：——

情弊	情貌	情面	情分	情實	情調
情態	情條	情田	情累	情理	情感
情款	情況	情海	情好	情話	情懷
情節	情交	情景	情趣	情形	情性
情緒	情致	情狀	情場	情腸	情實
情勢	情賞	情操	情素（愫）		情愛
情誼	情意	情義	情由	情儔	情文
情網	情欲	情願			
交情	恩情	衷情	神情	性情	有（無）情
留（鍾）情	含情	移情	矯情		同情
忘情	舊情	春情	旅情	閒情	深情

　　世情　民情　柔情　真情

譯者譯詩文當然可以用這些詞，中文精通的還可以鑄造新詞，無窮
無盡。

　　再看英文，因有詞頭 prefix、**詞尾 suffix**，加起來極為方
便，隨時隨地可以綴成一個字。現在**中國人亂譯**，也照加，總格格
不入。Helpless 譯成了「無助」，那裡還像中文；寧可用「孤
弱」，「沒用」，也不能用這種洋腔洋調的詞。表示行為者的 –
or, er 中國人根本不喜歡。–ist「持……論者」、「抱……主義
者」，也是一樣。「帝國主義者」（imperialist）總算「入了
籍」，Calvinist 就不能譯作「信加爾文教派者」了；我們寧可用
「加爾文派教徒」。中國人不愛用固定的「者」，如 beggar，不
叫「討乞者」，寧可叫「討飯的」，或更特有的「叫化子」、「乞
丐」。古文裡的「者」大都是臨時隨便一用，韓愈的「畫記」裡用
得最廣：「騎而立者五人，騎而被甲載兵立者十人……騎而被甲載
兵行且下牽者十人……」以下一連用了六十個「者」字。按這個
「者」字和「的」字相同，「的」字也可以大量用，如「唱戲（曲
兒）的」、「賣膏藥的」、「打牌的」、「喝酒的」、「畫畫
（兒）的」、等等的。

　　我們當然可以認為，「的」字下面省去了「人」字。這本來就
等於「者」字。不過我們也不必太拘泥，「的」就是代表某一種
人。

　　所以翻譯的人不可以碰到 –ist, –or, –er 就翻成「者」。

　　現在再舉兩個例子如下：——

The Bench was nothing to me but an insensible blunderer.

我看這些法官無非是**不動感情**的人，只會把事弄錯。

這個 blunderer 譯成「錯誤製造者」是很準確的，不過這不合中國人說話的習慣。英文可以這樣說，是因為英國人在 blunder 這個動詞後面加個行為者的詞尾 –er，極其自然，他們也隨便加。中文不能。

He is not an originator, but merely a calculator. 不可譯成「他不是一個創始者，只是一個計算者。」這不是中文。這個意思中國人說起來是這樣的：「他不會出主意，會計算罷了。」

英文裡 un- 可以隨意加在動詞、形容詞、副詞的前面，中文可不同。譬如英文的 unclose，我們不能照譯為「不關」，我們的說法是「打開」。un-American 譯為「非美」，不但不是中文，也叫人誤解為「不以美國為然」。也許應譯為「反美」比較好些，但又和 anti-American 相混；嚴格說來，反美指積極攻擊美國，而 un-American 指的卻是「違反美國風格、制度、利益等等」，和攻擊美國不同。所以到底該怎樣譯，還要看上下文而定，我平空不能示範。*凡是這種詞頭結合的字，個個要細細檢查，免得譯文不像中文，意思走樣。

中文尤其不能學英文裡用很多的 non-（非）的結合詞，如 noncombatant（非戰鬥人員，如軍醫等）、noncommunist（非共產黨員），nonconformist（不信奉國教的人，尤指英國的非國教教徒）、nonmember（非會員）等等。這又是文字結構不

---

*姑舉一例：He is denounced by his compatriots for his un-American attitude. 這句可譯為「他遭國人痛責，說他的態度不是美國人所應有的。」

同的分別。英文既然有 non- 這個詞頭，就可以隨便加在任何名詞前面，成一個新詞，這自然很方便。而中文的「非」字並不是詞頭，所以硬加在名詞前面就不太順口。這類英文名詞，很難譯得十足像中文，若干加了 non- 在前面的名詞用久了可能看慣一點，如「非會員」，其實仍舊不是中文；乍用的新詞，情形更不同了，如「非親屬」、「非暴力主義」等。倘若不是文章裡面一再出現的詞，就可以另想辦法，譬如把 "I am a nonmember" 譯成「我又不是會員」，諸如此類。用 non-（非）也許是中文的一大革新，顧不到是否格格不入。現在把若干加了 non- 的詞來討論一下：

Nonabstainer	不戒酒的人；不節制的人。（中國人說話的習慣是說「喝酒的人」，「放縱（或『任性』）的人」。我們說「這個人沒有節制」，是敘述，而「非節制者」則是個名詞。）
Nonacceptance	不接受（收）；不答應，拒絕接受。（「不要」，「不喜歡」，都可以；「拒絕接受」就不是中文。事實上，「拒絕」就夠了。）
Nonaggression	不侵略（犯）；互不侵犯（都不是中文；中文是「相安無事」。）不過現在大家已經用慣聽慣「不侵略」了。
Nonattendance	不出席，不到（會議、上課等）為什麼不可以用「缺席」呢？
Nonelimination	不排除，不消除（滅）；（「包容」也可以用吧？）
Mutual nonelimination	互不併吞（「互重主權」可以嗎？）

Nonaligned	不結盟（有時也可以用「中立」，字典上也有此一解。這是中文。）
Nonappearance	〔法律上指當事人或證人〕不到法庭（「缺席」？）
Noncommittal	不表明意見的，不承擔義務的；（態度）不明朗的。（並無不可，但中文另有說法，如「不肯，『一是一，二是二』」，「不置可否」，「置身局外」等。）
Nonflammable	不易燃的。（中文一向說「耐火」，不用「不」的說法。）
Nonfulfilment	（任務等的）不完成；（諾言等的）不履行（中文說法是「不果」、「不靈驗」、「未實踐」等。）
Noninvolvement	不捲入，拒絕介入。（中文是：「置身局外」，「各人自掃門前雪」。）
Nonluminous	無光的，不發光的。（中文可以用「暗的」。）
Nonlogical	不根據邏輯的（「道理上講不通的」？）
Nonperformance	不履行、不實行、不完成（都不好，有些地方可以用「說了不做」，「不做事」，「做不出事來」，成語「只聞樓梯響，不見人下樓」，俗語「吊兒郎當」。）
Nonprofessional	非科班出身的，無專行的；無職業的。（這三個譯法都生硬。至少也得改成「不是科班……」，參照上下文或者可以譯為「玩票」。）

Nonrecognition	不承認，（這個詞就不能譯爲「否認」，因爲未必是否認。nonresistance 也是一樣的。）
Nonviolence	非暴力（爲何不用「不動武」？）
Nonwhite	非白種人的？（爲何不用「有色人種的」？）

　　有一批字眞非用「非」不可，如 Nonaqueous 化學上指「非水的」，noncombatant 非戰鬥人員。當然戰爭時的「平民」是很好的譯文，但也指戰時的軍醫、軍中牧師、神父（chaplain）等，的確沒有別的字詞可用。或者用「不參加戰鬥的」吧。noncooperation 不合作主義。nonfiction 非小說（傳記、隨筆等等）。nonhuman 不屬於人類的。nonpayment 不支付（有時「無力支付」較好）。

　　Non- 和別的字結合，字典上也有極好的中譯，可供採用，如noncompliance 固執，non-conducting 絕緣，non-continuous 間斷的，non-descript 三不像，nonentity 無足輕重的人（或物），non-nuclear warfare 常規戰爭，non-negotiable（Bill）禁止轉讓，不可流通的（票據），non-observance 違反，nonofficeholding 在野的，nonstaple food 副食品。Non-partisan（不受任何黨派控制，不支持任何黨派）超黨派的，nonrigid airship 軟式飛艇，nonresident student 走讀生。最好是 non-sense 不譯成「非意識」，而譯成「胡說」，這是極値得鼓勵的翻譯。nonskid「不滑的」，譯爲「防滑」，也是理想的譯文。nonstop「不停的」，還不壞，a nonstop flight 譯爲「直達飛行」就更好了。

　　Non- 做詞頭結合的英文字，上面旣然已經討論了一些，用 un-做詞頭的各字也就可以舉一反三了。中文沒有這種便利，只好另想辦法。硬介紹這種文字結構組織，翻譯起來很便利，可是讀起來卻很彆扭。中文是否要改得面目全非，我也不知道。

　　我這樣詳細地提出了上面 non- 的結合字，是爲了說明，翻譯的人凡遇這種字就要再三思索，少用「非」字、「不」字。首先應該知道選擇，還有如果字典沒有收進去，要另外創造新詞，就更加要用心。最省事、最安全，當然用「非」、用「不」，但也最不堪讀。翻譯不是譯字，是譯意；要顧到中文像不像話，能不能懂。

　　英文裡的定冠詞 the，不定冠詞 a，不但中文裡沒有，連拉丁文裡也沒有。a 是英文文法裡的虛字（function word），其實沒有實在的意義。the 也是虛字，是印歐語系的指示代名詞和形容詞，希臘文、德文，十四世紀前挪威文、荷蘭文裡都有。這兩個冠詞不知給中國學英文的人多少苦惱。現在中國人爲了英文裡的 a，大用「一種」、「一個」，完全是多此一舉，我已經在「翻譯研究」裡提到很多，不再贅述。至於在中國相當的「那個」，中文裡也用不著。一般人受劣譯影響很久，現在糾正已經很難，學翻譯和寫作的人，應該深加警惕才好。我的一篇「一種和一個」裡有新的發見，收在「林居筆話」裡。不知道中英文差異的人，不敢不譯 "a"，"the" 這兩個冠詞；要等他們把中文譯成英文，在名詞前面要補出冠詞，才知道反過來把英文譯成中文，冠詞是可以省掉的。

　　實在說，冠詞有許多意義，關係重大，不是照譯「一個」、「那個」、「那種」就能表達的。如說 He is the authority on crystal gazing，譯成「他是水晶球占卜術的那個權威」並不正確；該譯成「他是水晶球占卜術唯一的權威」。又如問："Is he an editor of the Evening News？”這句話並不是「他是『晚報』的一個編輯嗎？」而是「他是『晚報』的編輯之一嗎？」英國人不一定說：“Is he one of the editors……”，那個 an 已經表示出這個意思。

中英文之不同，有時是無法想像的。我們看到 grey hair 總以為是「灰髮」，但英文竟包括白髮。為什麼不單單用 white hair 呢？大約是由灰到白，兩步併作一步的緣故吧？

我們說一個人臉凍得發紫，英國人的形容詞是 blue: His face was blue with cold. 我們說人嚇得臉發青，他們說 He turned blue with fear. 字典上明明說 blue 是 having the colour of the clear sky or the deep sea. 還有這個字作名詞的定義是 a colour whose hue is that of the clear sky or that of the portion of the colour spectrum lying between green and violet. 也許英國人重視 violet，所以會想到這是人凍了和嚇了、面部的顏色；我們重視 green，所以看了覺得不對。

又如中文有些形容詞有限定的意思，加「熱」和「辣」就不同，而英文的 hot 這個字既指熱，又指辣，範圍較廣。我們認為「熱」不管加多強也和辣不同；我們有「燙」這個字來形容。而「辣」呢，是另一類性質。而英國人則認為，熱和辣不過只有程度上的差別，本質是一樣的。這不過是最簡單的例子，別的地方要用的心更多。我們翻譯，還要知道中英兩個民族生活習慣的不同，正像兩個民族果腹，一個用碗筷吃飯，一個用碟子、刀叉吃麵包、馬鈴薯，用具、食物原料完全不同。

中文「笑道」、「冷笑道」用得極多，英文用得多的卻是 grin（露齒而笑，咧開嘴笑表示）。難道中國人不 grin，英國人不「笑道」、「冷笑道」嗎？這不是民族性有分別，各民族說話

的態度不同，而是觀察說話的人，注重的部分不同。人笑起來的時候，多數露出牙齒，瞇起眼來，嘴角向上翹起，也有聲音，挑出那一個現象來說都行。其實英國人 grin 未嘗不是「笑道」甚至「冷笑道」；反過來我們也一樣露齒。至於喜歡的笑還是冷笑，當然要看上下文。

我在什麼地方說過，一個人飛奔，英國人看重的是腳跟，所以說 show a clean pair of heels，（露出清晰的一雙腳後跟）；中國人看重的是腳離地的情形，所以說「拔足狂奔」。我們看見別人大笑，只注意到手和肚子，（所以說「捧腹」）；英國人看見的是他的脅，所以說hold（或 burst, shake, split）one's sides (with laughter)。

不但 grin 可以譯成「冷笑道」，遇到話裡含著諷刺、譴責的意味 "Excellent！" said Jim shortly. 這個 said shortly 未嘗不可以用「冷笑道」來譯。（「可真了不起啊！」詹姆冷笑道。）不過我這個主張會引起許多辯論的，我提出來不過是供研究翻譯的人參考而已。

中文寫法著重要有交代，英文卻講究經濟。就如紅樓夢六十回：「平兒去了不提」，這是英文小說裡用不著的。

英文裡的（he）insisted，中文不大用。中文小說裡極少說某人「堅持說」的。

No doubt 是英文用得很多的短語。中文確有「無疑」這個詞，但用途絕不及英文的廣，語氣並不如字面那麼強。I have no doubt⋯⋯（我不疑惑）中文裡用得尤其少。hint, suggest, 在 among the group 裡的名詞 group，中文不必照一般人認定的字面「暗示」、「建議」、「人群」翻譯。hinted that⋯⋯譯為「透出口氣」、「露出口風」、「示意」、「諷示」，suggest

譯爲「認（以）爲」、among the group 譯爲「跟大家在一起」、「在大家面前」都可以。

　　如果上文有什麼人做了什麼事，下文說到他做這件事，例如 He burned all her letters to him……In so doing, he…… 這個 so doing 譯成「這樣做」就不是中文。中文可以寫成「這樣一燒（來）」。

　　……後，中文少用。after putting myself under this necessary preparation…… 譯成「在我從事這必須的準備工作以後……」不像話。我們沒有那麼多「以後」。我們說「我作好了應有的準備，就……」就已經包含了「在……之後」這個意思了。

　　現在大家寫中文，甚至說話，都大用「肯定」、「否定」。A mysterious voice replied in the affirmative, and again the servant echoed it. 譯成「那個神秘的聲音又作了肯定的回答，那個娘姨（女僕）又加以響應」，不合中文的習慣。按上文是有人問某人在家嗎？所以上半句可以譯爲「……在家」，下面可以譯爲「佣人又依樣葫蘆說了一句。」（「作了肯定的回答」比「肯定地答覆了」更壞，多用了一個字還在其次，把動詞化爲名詞是最叫人難受的。還有連用兩個「那個」也很不好。「娘姨」是吳語的「女僕」，別處人不知道它的意思。）

三、亦步亦趨

照原文詞序的譯法

我試驗了無數次,發見許多句子都可以照英文的詞序翻譯;辦法是把連接詞*和一部分虛字改變,或者補充一些無關緊要的字詞。

這種保持原文詞序的譯法最大的好處是譯文自然易讀,而且譯來也很省事。反過來,如果保持原文的連接詞意義,把其他的詞序更動,既極其辛苦,譯出來的文字又一點也不自然,有時一改再改,還是改不好。

我要在下面舉一些例子,來證明我的想法,並加以解說。

……in the busiest manner I ever witnessed……
……那種忙法,我還是第一次見到。

不必譯成「我有生以來看到的最忽忙的神情」或「帶著空前忽忙的神氣」。

~~~~~~~~~~~~

*本章裡用的「連接詞」指一切用來連接的詞(connectives),
包括前置詞(介詞)、關係代詞、分詞等等,和一般文法書裡用
的「連詞」(conjunctives)不同。

……Take a word of advice, even from three foot nothing.
Try not to associate bodily defects with mental, my good
friend, except for a solid reason.

「……聽我勸你一句話，別管我是個三呎高，不值一文的人。不
要把身體的缺陷和頭腦的缺陷，混爲一談，老兄，你如果有充足
的理由，自然又當別論。」

「別管」，「自然又當別論」是原文沒有的；原文裡的 even、
except 不見了。這種增減無關緊要；這是兩種文字連接方法的差
異，語意不受影響。有這麼一個意思表達，腦子裡想到的字詞先後
大家一樣，照那次序說出，總要前後接氣，於是各用本身語言所有
的連接詞來連接。這個連接詞雖只限於 conjunctions, prep-
ositions, participles, copulatives,可是在翻譯的時候還可以用短
語（如「自然又當別論」）來補充語氣。

　　上面這句有人譯成：*

「不妨聽這三尺短命丁一句勸告，我的好朋友，除非根據確實的
理由，千萬不要把身體的缺點與精神的缺點聯想在一起。」

*本書中用了別人譯的狄更斯所著 *David Copperfield* 文字，本
當說明譯者、出版人、出版年月等等，但譯本有兩個，有一個連
譯者姓名都沒有，我也難以查考。我的引用，並非掠美，而是說
明譯文欠妥的情況，所以不去說明反而更好，而且也沒有損害到
譯者。不過我對兩位譯者仍然尊敬，因爲他們對翻譯有功，引用
他們的譯文實出於萬不得已，請讀者原諒。

另一譯本是說：「接受我一句忠告吧，縱然我長僅三呎。除非有堅實的理由，好朋友啊，請你不要把肉體上的缺陷跟精神上的缺陷聯在一起。」當然都可以，讀者也明白，不過第一句「聽」字和「一句話」當中隔了「這三尺短命丁」稍微嫌遠；還有「三寸丁」是成語，可以用，而「三尺短命丁」這個詞就嫌生了。下一句有點拗口，不合中國隨便說話的習慣。

'I dare say ours is likely to be a rather long engagement,
but our motto is, "Wait and hope！" We always say that.
"Wait and hope," we always say. And she would wait,
Copperfield, till she was sixty－any age you can mention－
for me！'

「恐怕我們訂婚的期間可能相當長，不過我們的座右銘是『等，
指望！』我們總說這句話。『等，指望，』我們總說。她肯等，
考勃菲爾，一直等到六十歲 —— 不管多大年紀，你說多大就多
大——等我！」

這一段的詞序全照原文，幾乎沒有動甚麼。當然別人也是這樣譯法，也許唯一不同的是 any age you can mention，照一般譯法，這句可以寫成「你說得出的任何年歲」，這不很像中文。末了「等我！」不能移動它的位置，因為這裡有加強語氣的作用。

　　照原文詞序譯，最大的好處是顧全語意、情緒，因為搬動次序往往失去輕重，有時連意思都會弄錯。現在再看這一句：

……about excommunicating a baker who had been objecting in a vestry to a paving-rate－and as the evidence was just twice the length of *Robinson Crusoe,* according to a calculation I made, it was rather late in the day before we finished.

關於把一個麵包師傅逐出教會的事 —— 都怪這個人不該在教堂區會裡反對徵鋪路捐 —— 因為照我算來，證詞正比「魯濱遜漂流記」長一倍，所以一直到天已經相當晚了，我們才辦完了事。

我們固然可以把 who 那個子句的話放在麵包師傅的前面，譯成「一個在教堂區會反對徵修路捐的麵包匠」，但要是這樣一譯，「把」和「逐出」就隔得太遠了，而且中國人說話，一口氣沒有這樣長的。

　還有一句：

"It's not because I have the least pride, Copperfield, you understand," said Traddles, "that I don't usually give my address here,"

「並不是因為我要起碼的面子，考勃菲爾，你明白嗎，」闕都斯說，「我平常才不把這裡的地址告訴人呢。」

這一句的詞序沒有什麼大問題，因為原文的詞序正和中文的相似，如果改成「我平常不把這裡的地址告訴人……並不是因為我要起碼的面子」倒反而有些像英文了。問題是，有的譯者居然喜歡英文式的詞序！無論如何，用中文的詞序讀起來總自然些。

I had been out one day, loitering somewhere, in the listless meditative manner that my way of life engendered, when, turning the corner of a lane near our house, I came upon Mr. Murdstone walking with a gentleman.

一天我在外面，到某處閒逛，懶洋洋地想心事，這都是我過的那種日子把我弄成這樣子的。就在轉一條巷子的彎，走到靠近我家的時候，我碰到牟士冬先生跟一個人並肩而行。

這一段我見到的另一個譯法可供我們參考。

一天，我帶著由我的生活釀成的無精打采的沉思默想的神氣，在外邊什麼地方徘徊了一回，正當轉過我們住宅附近一個衕堂角時，我碰見摩德斯通先生和一個男人走來。

這句的毛病在讀起來吃力一些。現在常常有人寫「帶著……的神氣」這樣的短句，這不是中文。

My working place was established in a corner of the ware-house, where Mr. Quinion could see me, when he chose to stand up on the bottom rail of his stool in the counting-house, and look at me through a window above the desk.

我做工的地方就在店鋪一隻角落裡，昆尼恩先生望得到的地方。他只要站在帳房凳子的最低那根橫木棍上，要看就可以從書桌上面的窗子裡看見我了。

照原文的連接詞譯，可以成為：

　　我做工的地方就在昆尼恩先生高興站在帳房凳子的最低那根橫木
　　上，便可以從寫字桌上的窗子裡看見我的店鋪的一隻角落裡。

這句只是舉個例子，一般譯者未必都這樣譯；我要說明，這是最
「忠」於原文的譯法，大家都看得出毛病在什麼地方，譯者也吃
力，不過吃力不討好罷了。如果拆開來，也就是照原文的詞序，彼
此都舒服得多。另一個例子：

　　（We sat）……until another debtor, who shared the room
　　with Mr. Micawber, came in from the bakehouse with the
　　loin of mutton which was our joint-stock repast.
　　……一直坐著，隨後另一個負債入獄的來了，跟密考伯先生同房
　　的，他由麵包廠帶了羊腰肉來，這是我們共同享用的膳食。

這一句也可以這樣譯：

　　……一直坐到與密考伯先生同房的另一債務人，帶著作我們合股
　　午餐的羊腰肉，從麵包房裡回來。

這一句也對，不過太長了一些，主詞「債務人」和他的行動：「回
來」，隔得太開。還有「一直」在中文裡意思總沒有完，要說明結
果，或到什麼時候為止，如「一直到他來了，我才走」，或「一直
到這件事結束為止」。「合股」兩字也不對。

　　"My dear Copperfield," said Mr. Micawber, "this is
　　luxurious. This is a way of life which reminds me of the

period when I was myself in state of celibacy, and Mrs.
Micawber had not yet been solicited to plight her faith at
the Hymeneal alter."

我的好考勃菲爾，密考伯先生説，「這可真濶氣。這種生活方式
叫我想起一段過去的時期，那時我自個兒還在抱著獨身主義，還
沒有吉士來引誘密考伯太太去拜天地呢。」

這一段如果把若干部份連起來，如「使我想到我自己在獨身狀況下
的時期，在密考伯太太還不曾被請到海門（婚姻神）的祭壇前訂約
的時期。」也不致於不可懂，不過累贅一些。這一句的「被請到」
的被動語態，以後再談。這句要注意的是密考伯先生喜歡用冠冕堂
皇的字眼，如 celibacy, solicited, 所以譯文不能太像口語。這些
字一般英國人平時談話是不用的。因爲密考伯先生喜歡舞弄文墨，
所以譯文用了「吉士」「拜天地」來代替希臘神話裡的婚姻之神。

　　　　……leaving me to infer from this broken allusion that his
　　　domestic supply of water had been cut off that afternoon,
　　　in consequence of default in the payment of the company's
　　　rates.
　　　　……我由這句不完整的話推測，知道那天下午他們家自來水停
　　　了，一定是因爲水費沒有付。

除了第一行要顛倒 infer from 和 that afternoon 的次序，其餘
都照原文。譯成「因爲不納水費，他家裡的自來水在那一天下午被
公司停止了」也可以，不很可取的理由上面已經說過。「被公司停
止」不是中文。

> Mr. Micawber, leaning back in his chair, trifled with his eye-glass, and cast his eyes up at the ceiling; but I thought him observant of Traddles, too, who was looking at the fire.
>
> 密考伯先生往椅背上一靠，玩弄他的單眼鏡，眼朝天花板上望。不過我想他也在注意闒都司，闒都司卻望著火爐。

末句譯成「……他也留意正在看火爐的闒都司」也可以，不過我想無論用中文，還是英文，說話的人心裡想到的人事次序一定先是密考伯也在看闒都司，想到這裡才要交代闒都司在幹什麼；在「望著火」。照英文文法，也就是英國人說話的習慣，這裡需要有個連接詞，這個連接詞就是 who，他們叫做「關係代名詞」（或「關係代詞」）。而中文呢，根本用不著這個勞什子的詞，要交代就交代好了。如果認為 who 後面敘述的一定要移到譯文闒都司的前面，那是死硬的想法，不合心理活動的過程，不合中文語言的法則；我們讀了不大舒服，這就是原因。

> But Dora's aunts soon agreed to regard my aunt as an eccentric and somewhat masculine lady, with a strong un-derstanding……
>
> 不過朵若的兩位姑媽很快就意見一致，認為我姨婆與眾不同，多少是個有鬚眉氣概的女人，極明事理。

「把我姨婆看作具有強大理解力的怪癖的富於男性的女人」是很正確的譯文，但是中國人如果有這個意思要敘述出來，說的方法不是這樣。德文名詞前面可以堆很多形容詞，英文比較少些，中文更少。中英這兩種文字在這方面幾乎相近。一個人有許多特點，當然

要一一說出來，想到那裡說到那裡，不能等想完了才提到這個人。英國人說起來，不免要用 and, with 等等字眼來連接，才算合乎文法，中文用不著。一般譯者被這些連接詞捆住，覺得要交代出來，心才能安，其實可以不理；只要層次不錯就行了。諸如上面這一句「（認爲）我姨婆⋯⋯」是主詞，下面不管什麼，形容的都是她。

Mr. Omer, hearing his daughter's footstep before I heard it⋯⋯

峨瑪老闆（小說裡他是店鋪東主）聽到了他女兒的腳步，我還不知不覺呢⋯⋯

這個連詞 before，不必照字面譯，想個辦法把它改頭換面，就可以照原文的詞序了。照字面譯，這個短句是：

峨瑪⋯⋯在我聽見他女兒的腳步聲以前便聽見了⋯⋯

不算太累贅，總嫌冗長一些，而且「聽見」重複。上面這種改法，也許有人反對，不過這正是說中文的人很自然的想法，也是任何人的想法。另一個中國人的說法是：

峨瑪老闆先聽到了他女兒的腳步，那時我還沒有聽到呢⋯⋯

口語裡常有，也是極自然的。不過嫌潦草，也有重複的字眼。總之，想不用「在我聽見⋯⋯以前」是有辦法的。改了別的連接法（或者不去連接），原文的意思並不會改變；不同的只是無關緊要

的細微枝節。

In the morning he was downhearted again, and would have
sustained himself by giving me all the money he had in his
possession, gold and silver too, if my aunt had not inter-
posed, and limited the gift to five shillings, which, at his
earnest petition, were afterwards increased to ten.

到了早上，他又鬱鬱不樂了，要活得下去，就得把他當時所有的
錢，連金銀在內，一齊給了我才行。還是我姨婆出來攔阻，只准
他給我五先令，他懇切請求，後來一直增加到十先令，才算了
事。

　　這句裡的 if 要改，末了「增加到十先令」語氣還沒有完，要
加「才算了事」補足它，原文雖沒有這個短語，但從 would have
sustained 和 had not interposed 這些假設的語氣看來，這個意
思就含在裡面了。

Doctor Strong regarded him with a puzzled and doubting
look, which almost immediately subsided into a smile that
gave me great encouragement……

司瓊博士望著他，面露疑惑的神態，但這個神態差不多馬上就化
爲笑容，叫我看了，受到很大的鼓舞。

若是用「司瓊博士用一種不瞭解的莫名其妙的眼光看他」就嫌太累
贅；which 也是個連詞，如果用「那眼光」來譯，上下文就不連
貫了；如果譯者一定把 that gave me……這個分句放在它所形容

的 smile 前面，譯成「給我大鼓勵的微笑」，這句話就不很容易明白。這是依原文字序翻譯極好的例子；要化解 with, which, that 這三個連詞於無形，意思又要接得天衣無縫，就不得不用點心思，加進少不了的「叫（我）看了」這種「連接語」。這裡不能用「給了我很大的鼓勵」，因爲「笑容」居於賓位，不能作主詞。

"I have been with him going on four years, Master Copper-field," said Uriah, shutting up his book, after carefully marking the place where he had left off⋯⋯

「我跟了他將近四年了，考勃菲爾少爺，」猶拉阿説，説的時候合上書，小心先把讀到的地方做了記號 ── ⋯⋯

這裡 after 改了「先（把）」，是因爲合乎原文的層次。狄更司大可寫成 and after carefully marking the place where he had left off, he shut up his book, 因爲論動作，做記號在先，合書在後；他之所以不這樣寫，是因爲合上書是主要的動作，在腦子裡先想到，做記號是隨後才想起來補充的，比較次要。用中文來表達，也應該一樣。文字的邏輯是一件事，心理是另一件事；而心理的重要性在邏輯之上。我們翻譯的時候常常不這樣想，結果是語文和實際脫節，或者格格不入。

You have laid a foundation that any edifice may be raised upon;

（你）打下了基礎，不管什麼大廈都可以往上建了。

這一句譯成「你已經立下建造任何大廈的基礎」並不太累贅，不過這是一句對話，一般人說話的時候不會這樣經營，譯者要顧到說話的人當時的思想活動，「打下基礎」在先，說了才想到「不管什麼大廈都可以往上建」這一點，中英兩國人一樣。現在把接著的一句（英文是用分號隔開的另一句）拿來比較：

……and is it not a pity that you should devote the spring-
time of your life to such a poor pursuit as I can offer？

這一句有兩個譯法，一個是照原文字序，也極自然：

可惜，把你的青春拿來，專替我做我只能請你做的這種小事，不是嗎？

不過這種譯法，語氣有了出入，不很可用。如果搬一下，改為：

把你的青春拿來，專替我做我只能請你做的這種小事，不可惜嗎？

也還不太彆扭。主要的原因是中國人發反問的習慣（別的問句大多如此）是先陳述事由，後加按語，如「你這樣罵人，不很野蠻嗎？」而英國人發這種問的習慣正相反，先加按語，後陳述事由，如 "Isn't it brutish of you to swear at others like this？" 遇到這種情形，絕不可照原文詞序。我發見凡用 it 做主詞的都不可以照原文詞序。

關於這一句還有一點可以補充。"as I can offer" 譯成了中

文，如果放在 pursuit 的前面，很不自然，所以理想的譯法是提
前說，把這句子譯成：

> 我只能請你替我做這種小事，把你的青春拿來專幫我的忙，不可
> 惜嗎？

不過中國人說這話，當時心裡想到的詞序可能和英文的一樣：

> 不可惜嗎，你把青春拿來專替我做這種小事，—— 目前我最多只
> 能請你幫這種忙。

這樣雖然很自然，卻稍嫌鬆散。

因此譯文要顧到很多方面，每句的情況不同；有時顧此失彼。
原則是要準確、自然，而這兩個目標時時互相衝突；高手可以兼
顧，一般人總覺得困難。準確不僅是在意思一方面，而且還包括語
氣的輕重，言外之意，要面面俱到。

> "This is a day to be remembered, my Uriah, I am sure,"
> said Mrs. Heep, making the tea, "when Master Copperfield
> pays us a visit."
> 「今天是我們永遠要記住的日子，我的猶拉阿，一定的，」謝坡
> 太太說，一面在燒茶，「因為考勃菲爾少爺跑來看我們，難
> 得。」

這個 making 的 -ing 就是英文的連接詞，所以譯成「謝坡太太
預備著茶說道」，正合文法，不過這樣譯就嫌累贅了。上面的譯法

是照英文詞序，但改了連接的字眼，求其自然。下面的 when 也是個連接詞，並沒有「當……時」的意思，英文字典裡本有 it being the case that, considering that（*S. O. D.*）的解釋，譯爲「因爲」，並不過分。但從這裡上下文看來似乎還有「稀有的」意思，所以譯文又譯出「跑來看我們，難得」。（奇怪的是 if 也是類似的連詞，字典上只說意思是假設，其實也有時不解爲假設的。如 If he is a sincere man, you shouldn't suspect him 裡的 he 可能是大家公認的眞誠人物，如果假設，是侮辱了他。）

We have ever been far from wishing to obtrude ourselves
on any one.
我們一向都不希望硬管閒事，不管是那個的。

當然「任何人的閒事」也很好，中國人還有個說法，就是「誰的閒事我們一向都不要管。」

　　現在再舉一個例子，看看組織過的，經營過的，稍長的句子譯起來，次序顛倒得多厲害。

The several calls for reprints of this work （*S. O. D.*）
bears testimony to its acceptability and usefulness.

這是（*S. O. D.*）這本字典第二版序文的第一句。不是很深的英文，但絕不是日常的口語。作者用過心，組織過，寫得很簡潔。如果這樣說話就有點可笑，嫌太嚴謹。這種句子絕不能照原文的詞序譯。英國人平常要表達這句的意思，大約會這樣說："We've got several calls for reprints of this dictionary. This shows that it is widely accepted and quite useful."這樣的一句當然可以照原文的詞序翻成中文。我且試譯一下。第一種寫法:「本書一再有人要求再版,足見其備受歡迎,切合實用。」這種譯文體裁近乎文言。口語的譯文:「我們已經收到好幾起要求,要我們再印這本字典。可見這本書很受歡迎,非常合用。」第一種譯法詞序和原文有出入,甚至結構也不同,第二句就接近了。

有人用原文第一種寫法的結構來譯,譯出來大約是這樣的:「幾個要重印這本書的請求證明它的可接受性和非常有用。」我主張照原文字序的譯法,不包括這一種。

幾十年前,獨力翻譯過聖經的英國諾克斯 (R. A. Knox) 寫過極短的講道文字,字句千錘百煉,翻譯起來,非常困難。*The Dated Religion* (指天主教每年有許多節期,如聖誕節之前的「將臨期」(*Advent*) 等) 第一句:

I hope I am not alone in feeling a peculiar thrill when I read, or hear read, the beginning of the gospel on the fourth Sunday of Advent, "In the fifteenth year of the emperor Tiberius's reign" —— and then the long list of local rajahs.

這一句絕對不能照原文詞序譯成中文,不管怎樣更換連詞,也是徒然。只有重新安排一番,我的譯法是:

將臨第四主日的福音:「凱撒提庇留執政第十五年……」—— 下面接著是一批當地長官的名字 —— 一讀到這段福音,我就會特別激動 (有這種感覺的,但願不止我一個)。

He said this, musing, in a low, frightened voice, and walked
across the little room.

他說這話，一面在沈思，聲音很低，聽起來像是害怕，然後從小
房間一邊走到另一邊。

這句裡用「一面用低微吃驚的聲音這樣說」也可以，不過句子稍
長，主要是詞序不自然。

　　照原文詞序的譯法，譯的時候要特別小心，因爲連接的字眼換
得不妥，極容易把意思歪曲，算不得準確的翻譯。沒有把握的時
候，照原文的連詞譯還好些。

"Well, he wasn't there at all," said Mr. Dick, "Until he
came up behind her and whispered."

「啊，他根本不在那裡，」狄克先生說，「後來才到你姨婆背
後，低聲說話。」（這一句也可譯成「他神不知鬼不覺地在姨婆
背後出現，低聲說話」）

這一句譯爲「啊，在他來到她身後低語以前，」狄克先生說道，
「並不見有他在那裡。」當然可以，不過中國人不是這樣說話的，
只要把 until 這個連詞改動一下，就可以照原來的詞序，譯爲流
利的中文，也和原文更加接近了。同樣的，下一句：

He never came out until last night.

他從來沒有出來過，昨天晚上才見到他人。（這一句如不照原文
次序也可譯成「昨天晚上他才頭一次出現。」）

譯成「他在昨夜以前從來不曾來過」不見得就更忠實些,而且中文也念不下去。

　　我聽見一個從沒讀過外文的人一面走路,一面不經意地講話:「我看見過他,今天早上。」這完全是英文 I saw him this morning 的詞序。說成「今天早上我看見他的」,已經多少組織了一下。文章裡的句子更有組織,如果是平時談話就會鬆散些,也自然些。

> ……that I could not absolutely pledge myself to like it un-
> til I knew something more about; that although it was little
> else than a matter of form, I presumed I should have an
> opportunity of trying how I liked it before I bound myself
> to it irrevocably.
> ……還不能絕對保證喜歡,要等多知道一點兒這一行才行。雖然
> 不過是形式問題,我想,我希望有個機會試一試,到底有多喜歡
> 這一行,再訂合約,說好了不能取消的。(用「再訂不能取消的
> 合約」也可以。)

上面「要等」、「再」、「說好」都是和原文不同或另加的連接詞。現在看我手上另一譯本的譯法:

> 在我更多知道它一點以前,我不能絕對保證我喜歡它。雖然不過
> 是一種形式問題,我以為,在我決定正式加入以前,我應當有一
> 個試驗我是否喜歡它的機會。

除了 irrevocably 和末句 how 兩字漏譯，這個譯法和原文十分
相符。問題是讀起來吃力些，因爲這不是中國人說話的方式。那麼
上面照原文詞序的譯法，說話的方式是中國方式了，是不是不符合
原文呢？一點沒有。我們細看，會發現原文正是這個意思，也就是
一個人遇到這種情況，心裡自然會有的詞序。

"My mamma departed this life," said Mrs. Micawber, "be-
fore Mr. Micawber's difficulties commenced − or at least be-
fore they became pressing……"

「我媽媽過世了，」密考伯太太説，「那時密考伯先生的日子還
沒有困難起來呢 —— 至少還沒有覺得難熬……」

譯爲「我媽媽在密考伯先生的困難開始以前，或至少在這些困難嚴
重起來以前，便去世了。」也沒有什麼不可，比起一般彆扭的譯文
來，這已經是極流暢的譯文了。不過不自然總是不自然，而且也不
是中國話的說法，譯者要先組織一下才能下筆。

　　檢討以上的例子，我得到的結論是：
　　凡用抽象名詞，事物，it, this, 動名詞（gerund）等做主詞
的英文句，不可照原文詞序翻譯。現在從 *S.O.D.* 的兩篇序裡，
找些例子：

1. The need for such an abridged form of the great work
   （指 *O. E. D.*）was envisaged at the outset.

2. The work was carried on steadily by him until his death
   in January 1922.

3. In the present edition an opportunity has been afforded

of revising **many articles** and of adding many others.

　　以上的句子都不能照原文的詞序翻譯。為了幫助讀者明白不能的原因，我試把各句譯出：

1. 一開始我們就預先算到，大字典要編印這樣一部縮本。
2. 他一直按部就班地主辦這件工作，到了一九二二年一月去世才停。（當然也可以照原文的次序，譯成「這件工作一直由他按部就班地主持，……但是上下兩句的主詞都是他，這一句也用他做主詞，中文比較連貫一些。）
3. 茲乘這次再版的便利，我們把許多條加以修訂，又加了許多條進去。

至於不能照原文詞序翻譯的詳情，請參看下章。

　　照原文的詞序譯，有多少地方可以採用，我沒有很精密地統計過，但敢說，普通的文章百分之六七十可以這樣譯，譯不妥再搬動一下也不太費事。這樣翻譯快而譯文讀來容易明白，所以大可採用。

四、天翻地覆

── 更動原文詞序的譯法 ──

前一章說到我們可以照原文的詞序翻譯，不過這只能用於不加經營，隨口講的話，若是做文章，有組織的文句，就又當別論了。許多句子譯出來不像話，就是因爲詞序不對；在甲語言裡自然明白，但照樣搬到乙語言裡，就生硬晦澀了。高明的譯者會更動詞序，巧爲連接，叫人讀來了然曉悟，不必細心尋繹而細按原文，銖兩悉稱，並沒有亂來。

上面說的只是一般情形，也有並非經營的文句，而中英文詞序不同的。下面我要舉些例子來說明：

I learnt, from this, that Miss Mills had had her trials in the course of a chequered existence; and that to these, perhaps, I might refer that wise benignity of manner which I had already noticed.

搬一搬的譯法是：

由這一點我得悉米爾司小姐過去經歷滄桑，受過磨煉，她態度聰明仁慈，我已經看出，也許可以說是她的遭際促成的。

搬動的原因是中文背不動很多修飾詞，如「把我已經看出的她的聰明仁慈態度歸因於這些」，就太長了。

> It was wonderful to see his face shining at us out of a thin cloud of these delicate fumes, as he stirred, and mixed, and tasted, and looked as if he were making, instead of punch, a fortune for his family down to the latest posterity.
>
> 他攪和各種料子，嘗嘗味道，不像是在替酒加料，倒像替他家直到最近的一代忙著發財，臉上的光彩從各種美妙的氣味薄霧中向我們射出，看了真有意思。

這是永遠沒有法子照原文詞序翻譯的句子，要費不少手腳重排，才能念得下去。我看到的一種譯法是：

> 當他攪動、調和，嘗試時（彷彿他正在調製的不是加料酒，乃是他家子孫萬世之業）看他從這些清高的香氣薄雲中向我們放光的臉，是令人驚奇的。

且不去批評這句裡用的字眼是否妥當，詞序大致和我安排的差不多，但在連接的一方面，不免稍欠自然，如用「當……時」，括弧分開一句，不很好念；「看他從……的臉」短句太累贅。所以詞序即使安排對了，連接方面，也要用心。

又有一種次序不得不顛倒。

> ……I was now relieved of much of the weight of Mr. and Mrs. Micawber's cares, for some relatives or friends had en-

gaged to help them at their present pass, and they lived
more comfortably in the prison than they had lived for a
time while out of it.

……密考伯夫婦因爲有些親友出面，幫他們渡過這次難關，他們
在監獄裡反比以前在監獄外面好長一段時期都過得舒服，這一
來，我的擔子倒輕了。

這段文字也有人譯成：

我現在減輕了關於密考伯先生和太太許多憂愁的重壓；因爲有一
些親戚和朋友在他們現實的困難中著手幫助他們了，他們在監獄
中比在外面許多時候活得更舒服。

這樣譯法，詞序跟原文相當接近，但第一句容易引起誤會，叫人以
爲說話的人減輕了密考伯夫婦的重壓，而事實上是說話的人自身的
擔子減輕了。更動敘述的次序，就沒有這個誤會。

It appears that as a result of these past and recent develop-
ments the villagers feel a need to turn outward away from
the village.

這一句也可以照原文詞序譯成：

似乎由於這些過去和近來的發展之結果，村民也覺得有轉向村外
發展的需要。

現在這樣寫中文的,也大有人在,不用說譯文了。不過我們如果把它搬動一下,譯成:

村人鑒於過去和近來的這些發展,似乎也覺得需要向村外開拓。

字數省了,念起來也舒服得多(兩個「發展」也不妥)。加進去的詞是「鑒於」,拿掉的是 as a result of,兩個詞語可以抵消掉,並不影響文義。

"My good opinion cannot strengthen his attachment to some people whom he knows," said Agnes, with a smile; "it is not worth their having."

「有些人他認識,他愛他們,我說這些人好話,他不會更愛他們些,」娥妮絲笑道。「這些人也用不著我說好話。」

另一譯法是:

「我的好意見不能加強他對他所認識的某一些人的感情,」艾妮斯含著微笑說道;「那是不值得供他們採取的。」

這樣照原文詞序翻,讀起來很吃力,第一句裡就用了三個「的」字,中文背不動這麼重的包袱。這時就需要切斷,分開來說,然後再連起來。這句裡的「他們」容易和「他」相混,何況「他」字用了又用呢。good opinion 是抽象名詞譯成中文,用來做主詞總不行。中文沒有「好意見」這種說法,「供他們採取」也稍文。

　　極短的短語也有要顛倒詞序的情形。就如 achieved distinction當然是「成就了出色的事」。但是把它譯成「有了出色的成就」似乎更自然些。

These are practically the only times that most village families will eat what they consider such a fine and expensive food as fowl.

這一句很容易譯成：

這些場合（指祭神祭祖）實際上是大多數村中人家享用他們認爲精美珍貴餚饌（家禽）的僅有機會。

這個詞序跟原文的接近，但是這樣譯出來，讀的人會覺得吃力，因爲中國人看不慣這種長句。現在我們先看一看這一句有幾個成分，再分別它在中文裡的先後：

These are practically the only times that most village families will eat what they consider such a find and expensive food as fowl.

這一句大體上有六個成分，已經圈出。我們第二步是看中文裡應該先提那一個成分。

　　我說過，中文句的結構，以人或話題（topic）做主詞，忌用抽象名詞和先行代詞 it。這一句的人當然是 village families 然

後看這個 families 幹什麼。他們 consider。consider 什麼？
consider fowl. fowl 怎麼樣？as a fine and expensive food. 這
個 food 和他們有什麼關係？他們 eat 這個 food. 何以提到 eat
上去的？因為這是他們的 only times.

　　現在我們得到下面的圖解：

These are practically ⑥ the only times that most ①
village families will ⑤ eat what they ②
consider such a ④ fine and expensive food as ③ fowl.

好了，照這個次序，譯文切成三段如下：

1. 大多數鄉村人家認為家禽是精美昂貴的食品；

2. 實際上他們享受這種美味；

3. 祭神祭祖是唯一的機會。

有經驗的譯者，不用畫圖，一看就知道掉換原文詞序的先後，一氣
寫下就是了。但遇到難句，也有要重新組織的。

　　英文有一種結構，說 10% from……，15% from ……目前大
家都譯成「百分之十來自……，百分之十五來自……。」按「來
自」是文言，夾在白話裡極不自然；為了保持文體純粹，念起來調
和，可以改為「……的來源百分之十是……，百分之十五
是……」，這樣譯文省了重複「來自」這個詞。

　　類似的顛倒還有，不要把 all traces of……譯成「……的一
切痕跡」，這不是中文；中文的寫法是「所有……的痕跡」。All
traces of his murder were removed「所有他謀殺的證據全給消

滅了。」

The grim business of salvaging……不可譯成「搶救的倒胃口工作」……；要改爲「倒胃口的搶救工作」……。

full benefit of the sun's heat 不可譯成「太陽熱力的全部好處」(「全部好處」學的是 full benefit)；我主張改爲「盡得太陽熱力的好處」。兩位我所敬畏的朋友都主張把「所有」放在「熱力」的後面(太陽熱力所有的好處),以爲這樣才對。他們認爲,如果寫成「所有太陽……」就變成了有好多個太陽,現在全算進去了。我卻認爲,如果寫成「太陽熱力所有的……」就變成了「熱力所有的(就是屬於熱力的,不是別的東西所有的)好處」。這眞是見仁見智。(兩個解和讀音輕重有關。)

其他的例子還有

所有信仰佛教的人:信仰佛教所有的人。(這一句似乎只能採用第一式。)

所有的佛教徒(這句不成問題,因爲我們不能說:「佛教所有徒」;但如加了「信」字,就有第二個寫法了,「佛教所有信徒」,也可加「的」字,寫成「佛教所有的信徒」。這句也叫人以爲是「佛教所有」,而非他教所有)

所有香港的居民;香港所有的居民。

所有三山五嶽的好漢;三山五嶽所有的好漢。

所有出席會議的人;出席會議所有的人。(第二式似乎不很自然。)

所有投資股票的人;投資股票所有的人。(第二式也不大好。)

由上面的例子看來,認爲形容詞應該和它形容的名詞靠近這個原則

不完全對。我以為中文的「所有」用作「全部」解可以遙遙控制它
所形容的名詞的，不知道理由是否充足。初學翻譯的人不免要改裝
幾次，等能夠讀起來明白曉暢才罷休。有時一個意思已經包含在上
下文裡，也可以不必再用別的字來表達。

The mere vehemence of her words can convey, I am
sensible, but a weak impression of the passion by which she
was possessed, and which made itself articulate in her
whole figure, though her voice, instead of being raised, was
lower than usual.

她那時已經給忿怒激昏了頭，雖然說話嗓子比平時還低，沒有提
高，可是全身都有表示；我覺察得出，別人如果單單聽她嘴裡吐
出的兇焰，還以為她不過在微微生氣罷了。

這一句的另外一個譯法會多少照原文的詞序；「她嘴裡吐出的兇
焰，我覺得，只能把她給忿怒控制住了的情緒微弱的印象傳達。即
使她說話嗓子沒有提高，比平時還低，這種情緒她全身也有表
示。」毛病第一在，「控制住了的情緒微弱的印象」這句太長，這
倒還在其次；第二，層次不對。這一句主要的意思是她心懷怨毒，
但嗓子反而壓低了，其實全身都在震動，但別人聽了她的話還以為
她沒有多少怨毒呢。

　　莎士比亞有句名句，「弱者啊，你的名字就是女人！」（田漢
譯文）"Frailty, thy name is woman！"這不是中文的說法，不
過「哈孟雷特」是詩劇，不妨照譯，普通文章裡，就要研究研究
了。

　　次序動得最厲害的，大約要算有關法律的文件了。

4th The income and property of the Society whencesoever derived shall be applied solely towards the promotion of the objects of the Society as set forth in this Memorandum of Association and no portion thereof shall be paid or transferred directly or indirectly, by way of dividend, bonus, or otherwise howsoever by way of profit, to the Members of the Society.

Provided that nothing herein shall prevent the payment, in good faith, of reasonable and proper remuneration to any officer or servant of the Society, or to any member of the Society in return for any service actually rendered to the Society nor prevent the payment of interest at a rate not exceeding 12 percent per annum on money lent or reasonable and proper rent for premises demised or let by any member to the Society, but so that no Member of the Committee of the Society shall be appointed to any salaried office of the Society, or any office of the Society paid by fees, and that no remuneration or other benefit in money or moneys worth shall be given by the Society to any Member of such Committee except repayment of out-of-pocket expenses and interest at the rate aforesaid on money lent or resonable and proper rent for premises demised or let to the Society provided that the provision last aforesaid shall not apply to any payment to any Company of which a Member of the Committee

may be a member and in which such member shall not
hold more than one-hundredth part of the capital, and
such Member shall not be bound to account for any
share of profits he may receive in respect of any such
payment.

第四條　本會收入及財産，不論得自何處，應完全用於推進本會
　　　　會章所列各項目標，其任何一部分均不得用以作爲股
　　　　息，紅利或其他任何利益付與本會會員，或直接、間接
　　　　轉讓與之。
　　　　惟本章程規定遇本會任何負責人，工友或任何會員確實
　　　　爲本會服務，不禁止本會誠意付與彼等合理而正當之酬
　　　　勞；任何會員以款項貸與本會，本章程亦不禁止本會付
　　　　與不超過按年息一分二厘利率計算之利息，或遇任何會
　　　　員，以房屋租與本會，亦不禁止本會付與合理而正當之
　　　　租金，惟因此所有本會理事會理事不得受任本會任何受
　　　　薪職位或本會任何致酬職位，又除實報實銷費用及前述
　　　　貸款利息或租與本會房屋合理而正當之租金外，本會不
　　　　得付與本會理事會理事任何酬勞或予以其他金錢或值錢
　　　　物品之惠，惟如本會理事身任任何公司之股東而其所佔
　　　　股份資金不超過百分之一以上，則本會付與此種公司之
　　　　任何款項不適用於以上最後提及之條款，且此種理事亦
　　　　無須將彼所得本公司所付此種款項利益之成分若干報告
　　　　本公司。

這是陳腔濫調，但是不能不這樣譯。當然可以重譯，譯得容易念

些，不過犯不著費這種精神，這樣譯出來也就算了，因爲法律文件
的中文也是如此。

五、切斷

英文的字和句的各部分，要用連詞連結，我已經一再說起。中文如果照英文的結構翻譯，勢必要連，不過連了以後，念起來就累贅，而且也不很明白。最好的翻譯法是把它切斷（有時候是「易位」）本書裡別的例句也有很多切斷的例，現在專舉這方面的來談一談。

先從最簡單的說起：

a recent afternoon.

我們看了這句會譯成：「近來的一個下午」，也可以算得標準譯文了。不過中國人表達這個意思，有些不同，我們說：「新近有一天下午」。「的」是個連接詞，我以前已經詳論過，這是個可有可無的字。近來的人毛病在用得太多。許多地方可刪則刪，一句裡切不可用到三個以上。

我見過一句譯文，「歷時五小時的手術很成功，」中文嫌太長，要切斷它：「手術花了五個鐘頭，很成功。」能少用這個連接詞「的」，就少用。

the best way of coping with the housing emergency was

to……

我們碰到這一句會譯成「解決房荒問題的最好辦法是……」，但是
這樣譯還有斟酌的餘地。第一，句子裡的「的」是個連詞，這裡最
好不要用。（爲了念起來方便，應該在「最好」的後面加個
「的」。）要把它拆開，辦法是改譯：

要解除房荒，最好的辦法是……

The reasoning behind this commonly made statement is……

也是極簡單的句子，可以譯成「這種普遍說法的理由是……」也很
好。不過如果切斷就更像中文。我主張把它譯成：「這種說法很普
遍，理由是……」

Why should it be made longer than is necessary？

初初翻譯的人自然而然會譯成：

爲什麼要使它拖得比需要的更長呢？

英文的連在 –er than；「比……更」，我們說話不一定照這個樣
子。我以前說過，英國人用比較級多於中國人，這是另外一個例
子。我們說話的習慣是分開來說，比較的意思已經包含在內，其實
比不比沒有關係；英國人也不一定時時刻刻比較；上面這句話的意
思，無非是嫌長了一些，覺得用不著。因爲語言的構造，便於比

較，也表明「關係」，使上下連接，就比較一下。

　　再說，英國人要說一句簡單的話，詞序和中國人的差不多，這句也是一個例子。切成兩斷，意思絲毫不受影響。所以可以把它一切爲二，就不會太不像中國話了。

　　爲什麼拖得太久呢？用不著嘿。

His chief contribution was making me realize how much
more than knowledge I had been getting from him.

我見到的譯文是：

　　他主要貢獻是在於使我了解過去我從他得到的不僅是知識。

這句雖然不太長，卻叫念的人透不過氣，也漏了譯 how much
（more）。可以切開：

　　他讓我悟到，過去我跟他學的，不僅是知識，還有很多別的東
　　西，這是他最大的貢獻。

　　……screen them with utmost care.

可以譯成：「極端愼重地遴選他們。」不過如果不連就更好，
「……遴選他們，極端愼重。」

　　……was skilled enough to……

可以譯成：「……技巧純熟到（得）可以……」如果不連，就刪去
「到」字，換個逗點。（「技巧純熟，可以……」）這樣更自然。

his angry diatribes to the youth

這句的譯文一般都是「他的向青年的憤怒的漫（謾）罵。」這樣譯
即使刪去第一個「的」字，仍舊有兩個，很彆扭。其實可以拿掉，
說「他憤怒地向青年漫罵。」

現在再研究長一些的句子：

But his easy, spirited good–humour, his genial manner, his
handsome looks, his natural gift of adapting himself to
whomsoever he pleased, and making direct, when he cared
to do it, to the main point of interest in anybody's heart,
bound her to him wholly in five minutes.

這一句裡提到的人一個是男主角的同學司棣福（Steerforth），另
一個是他的保姆裴格蒂（Peggotty）。這一句最大的危險是把一
連串「他的」做主詞，末了再說出謂語，如：「但他那隨便的活潑
的好性格，他那和藹的態度，他那俊秀的面貌，他那應付所喜歡的
任何人的天才，以及當他高興時投合各人心中主要趣味的天
才……」全是主詞，管的是下面一句謂語：「在五分鐘內完全俘虜
了她。」

中文沒有這麼長的主詞，中國人念中文也沒有這麼長的氣，所
以最好的辦法是切斷它。我的譯法是這樣的：

　　可是司棣福舉止隨便，精神足，脾氣好，態度親切，儀表出眾，
　　還有不問什麼人他要討那人歡心就能跟那人合得來，只要他高
　　興，一下就把話題引到任何人喜歡談的主要一點上，天生有這種
　　本領。爲了這一切，五分鐘之內裝格帶就對他完全傾倒了。

兩種譯法，可各畫一個圖表來比較。第一種譯法是：

　　他那隨便活潑的性格
　　他那和藹的態度
　　他那俊秀的面貌　　　　　　　　　　　　}　……俘虜了她。
　　他那應付所喜歡的任何人的天才
　　他高興時投合各人心中主要趣味的天才

這種結構英文裡用來毫無不妥。英國人的謂語可以背很多主詞，即
使再加一打，也無所謂。可是中文則不然。中文「吃不消」，要分
開來說才行。譯這一句一個方法是先是說他爲人如何：

　　舉止隨便
　　精神足
　　脾氣好
　　態度親切
　　儀表出眾
　　跟人合得來
　　談人愛談的話

這些全不相關連，但是然後再提綱挈領，總括一切說：

　　為了他這一切，裴格蒂傾倒他。

論內容完全一樣，不同的是說法。
　　這是切斷的一法。再看這一句：

I laughingly asked my child-wife what her fancy was in de-
siring to be so called. She answered without moving, other-
wise than as the arm I twined about her may have brought
her blue eyes nearer to me, ──

我看到的一個譯法是把 otherwise than 起頭的那個短句寫在括弧
裡：「她一動也不動（除了我那摟住她的臂膊會使她的藍眼睛更接
近我外）回答道」，我覺得這也不是很好的辦法。我的譯法是：

　　我笑問我那位孩兒妻*，她要別人這樣稱呼她有什麼用意。她因
　　為我一隻膀子摟住了她的腰，藍眼睛更靠近我一些，此外毫無別
　　的動作，這時回說，──

就把「她一動也不動」切開了，「除……外」也切開了，這樣讀者
才可以透口氣。中文可以不連，但這並不是指，我們寫中文可以毫
不用心，亂說一陣。中文雖然不需用那麼多的連接詞，我們也需要

　　*前文主人公的妻子要他當她是孩兒一般的妻子，所以主人公用
　　這個稱呼形容她。又按中文本來沒有「孩兒妻」這個詞，這是仿
　　「孩兒面」創造的。

用很多的心，把層次分清；還要用有限的連詞如「而」，副詞如「就」，這樣前後才能貫串，念起來才像文章。

It was her first hesitant approach to a faith in which she was ultimately to find the strength and comfort she sought.

照一般的譯法：

這是她抱著猶豫的心情初次接近後來給她所追求的力量與安慰的那種宗教信仰。

大家都會覺得太長。我們把它切開來試一試：

這是她接近宗教的初次，心裡猶猶豫豫地，日後這個宗教給了她在尋找的力量和安慰。

Will the decision to bomb the country's oil lifeline persuade their leaders to end its armed infiltration of their neighouring countries？
轟炸該國石油命脈之舉的決定會叫他們的領袖停止武裝滲入鄰近各國嗎？

這個長句只要攔腰一斬，就短了，也好念了：

轟炸該國石油命脈的主張，會叫該國的領袖裹足，不再武裝滲透鄰近各國嗎？

六、入虎穴

三 "敢"

——敢刪、敢加、敢改——

　　這一章其實和第一章、第二章、第三章有關係，也許可以合併在一起，各章可能也有重複的地方。不過提出「三敢」，更容易加深印象。

　　論到翻譯的技巧，最高的不去談，可以一談的是「敢」的問題——敢刪、敢加、敢改。

　　英文裡有些字在中文裡是沒有意義的（如冠詞 the, a）某種情況下用的代名詞，I have no time to put on my coat. 中文說「我沒有時間穿上衣」就夠了，不必把 my 譯出來。說話時填空檔，無意義的 you know, well, I mean 等等。譯者明白這一點，看準了它無用，就根本不去理會；這樣一刪，譯文就簡潔明白了。不過中國人說話，也有許多填空檔，無意義的字眼，如「我說」，「可不是嗎？」「嗯」，「好」譯者看情形可以用。現在的人常常會說，「我的意思是」，這是由英文 I mean 譯過來的。也有人說，「你懂我的意思嗎？」這是實話，不過也可以在英文裡找到 "Do you know what I mean？" "Do you follow me？"

　　又有些中文裡不可少的字，英文裡偏偏沒有，遇到了這種情形，譯者就要補出。就如英文裡可以說 He read until his guests arrived, 我們卻不能說，「他閱讀直到他的客人到了。」中文這

句話到這裡還沒有完。我們只能說，「他在看書（報），客人到了才放下來。」這個「放下來」是英文裡沒有，中文卻一定要的（「一直到」中文裡卻可以省）。his 是英文裡少不了，而中文卻用不著的，也要敢刪。

until 明明解爲「直到……爲止」我們假使腦子不太死，不妨把它撤開。

最近承黃國彬兄協助，把他跟我討論的幾句譯文拿來說明譯者「刪」、「加」、「改」的情形。他正在翻譯楊慶堃教授所著 *Religion in Chinese Society*,以下各句都是這一本書裡摘出的。這些句子都有點麻煩，我們的方法是：

1. 看原文是什麼意思。

2. 看看用什麼方法可以表達那個意思。

  這一點就牽涉到

      甲、表達各字詞的先後？

      乙、怎樣把各部分（字詞）連接起來？

3. 寫出來以後，看看有沒有漏掉什麼，如果有，就補它出來。不要緊的連接詞不去管它。

4. 這樣譯出來是不是明白，有沒有引起讀者誤會的地方？

1. For three days and nights, the emotional tension and the religious atmosphere, together with the relaxation of certain moral restrictions, performed the psychosocial function of temporarily removing the participants from their preoccupation with small group, convention-ridden, routinized daily life and placing them into another

context of existence —— the activities and feelings of the
larger community. （ P.89 ）

這一句文法上的主詞是 the emotional tension 和 the religious
atmosphere，其實還有 the relaxation of certain moral restric-
tions，不過，照英文文法講，用 together with 而不用 and 就
不算了。（ 這是英文文法在搞鬼，中文裡意思一樣，在句子裡的結
構也一樣。）這樣的主詞照原文詞序來翻譯，情形是這樣的：

> 經過了三天三夜，情緒的緊張和宗教的氣氛，加上某些禮教約束
> 的鬆弛，完成了暫時除去參加者小團體、習俗束縛、日常工作的
> 全神貫注，把他們置於另一種生存境界的心理和社會任務 —— 這
> 種境界就是大團體的種種活動和感覺。

這樣翻譯誰都知道不好。第一，「完成了」和「任務」隔得太遠，
幾乎銜接不上；其實應該更遠一些，放在整句之末才合適；「……
生存境界…… —— 就是大團體的種種活動和感覺 —— 的心理社會任
務。」這樣譯就連神仙也無法把主動詞和謂語連在一起了。第二，
這樣譯不好懂。這是譯字的結果，一個字，一個字都譯出來了，意
思卻不清楚。
　　我們再把原文讀一讀，看一看原作者要表示的到底是什麼意
思。他大約是說：

> 這些來開會的人，本來都是受小團體觀念和習俗束縛的，一心只
> 記住日常工作，可是三天三夜下來，情緒緊張，宗教的氣氛瀰
> 漫，某些禮教的約束鬆弛，心理和社會觀有了改變，暫時都進入

一個新的境界——參加大團體的活動，和大團體息息相關。

　　檢討上面的譯文，刪掉的有 together with 這是英文文法上
不可少的連接詞，中文可以不理。removing from 也刪掉了，因
爲譯文裡用不著。their 也用不著。

　　加進去的沒有什麼。

　　改的可多了：第一是詞序。爲了免得累贅，把參加會議的人的
心理和社會情況先提一提。再敍述會議三天三夜的情況和作用。然
後敍述新境界。這樣一改，中文讀者讀起來就不大吃力。還有原文
裡 的 preoccupation 包 括 small group, convention-ridden,
routinized daily life 譯文裡只管 daily life。不過「受小團體觀
念和習俗束縛」已經把「一心只記住」的意思包括在內了。

　　第二項是詞類。原文用的抽象名詞（而且還不只一個）做主
詞，中文最忌，所以我們把它都改成敍述，文法上已經不是主詞
了。

　　第三是把 placing them 改掉，換成參加會議的人自己「進
入」新的境界。feelings 改爲「息息相關」。

　　2. Although in some cases no religious inauguration rites
　　　were performed, the sacred nature of the relationship
　　　was fully implied in the term *chieh–pai hsiung–ti* or
　　　chieh–pai tzu–mei, meaning sworn brothers or sisters, for
　　　the members contracted a bond with each other with the
　　　sanctification of the deities.（P.59）

這一句裡有幾個問題，我們試照一般的譯法譯出如下：

　　雖然在某些情況下，並沒有舉行宗教的結拜儀式，這種關係的神
　　聖的性質，已經全部隱含在結拜兄弟或結拜姊妹這個名稱（意思
　　是發了誓的兄弟姊妹）裡了，因爲這些成員已經互相訂立了契
　　約，由神靈聖化了這個關係。

這樣譯不好，我們要換一個方法。

　　原文用了漢字的音譯。chieh–pai hsiung–ti, chieh–pai tzu–
mei，所以要加注 meaning sworn brothers or sisters，中文可
以省掉，不省也很難譯，因爲用什麼字都會和上文重複。所以第一
要刪掉這個解釋。

　　原文 no religious inauguration rites were performed 沒有
說誰 performed，中文不能也用被動式「……儀式被舉行……」
是誰舉行。爲誰舉行的呢？當然是「結拜兄弟或結拜姊妹」，我們
不妨提前用這兩個詞。

　　sacred（神聖），sanctification（使……爲聖，聖化）這兩
個字照譯成中文，不很相宜。中國人心裡的結拜的情誼，究竟如
何，要考究一下。我所能想到的只有指天誓日。古人所說的「歃
血」目的只用來「示信」，盟是誓約，盟兄弟就是發誓約爲兄弟，
守住這個信而已。我們研究以後，把這句譯成：

　　雖然有時候結拜兄弟或結拜姊妹的人並不爲這件事舉行宗教儀
　　式，但是這種情誼已經充分包含在結拜這個詞語裡面了，因爲他
　　們已經指天爲誓，義結金蘭。

這一句這樣譯是否妥當，要請敎原作者；這已經牽涉到還原的問
題。我們不知道楊敎授當初是否這樣想法，然後譯成英文的。也不

敢斷言他心目中的誓盟，就是西方的 sanctification。不過現在譯
了給中國人看，就要想到中國人心目中結拜是怎麼一回事才行。譯
者似乎不能說，「原文就是這樣的嘛」。

　　這段譯文與其說有了增刪（應該一提的是刪去了 meaning
sworn brothers or sisters）不如說有了改動。the sacred nature
of relationship 改成了「情誼」；members 改成了「他們」；
sanctification of the deities 改成了「指天爲誓，義結金蘭」。
這個「義」字也兼顧到上文的 sacred。我們一提到結拜兄弟，就
會想到劉關張桃園三結義。「義」就是 sacred 和 sancti-
fication, 也就是所謂「誼同生死」，這三個人也眞正做到了。

3. These and numerous similar cases show that the cults of
   the agricultural gods formed a part of the peasants' age-
   old struggle against the hazards of nature, serving as the
   rallying points for community consciousness and collec-
   tive action in the face of common crises. (P.69)

這一句算是難譯的，因爲主詞管的事太多，中文吃不消，需要改
動。一般譯法是：

　　這些和許多類似的事例顯示，農神的祭祀形成農民和自然災害長
　　期鬥爭的一部份，作爲面臨共同危機時社會意識和集體行動的重
　　新集合點。

我們試用另一個方法，看看是否容易看一點：

　　由這些事可以看出，農民祭祀農神，是他們長期和天災搏鬥少不了的舉動。大家遇到共患難的時候祭祀農神，就會同舟共濟。由其他很多類似的事也可以看到這種情形。

這樣譯法把一句分成三句，讀者容易透氣一點。and numerous similar cases 也可以放在前面，這樣第三句可以省掉，譯出來是這樣的：「由這些事，還有其他很多類似的事，可以看出……」

　　這一段改譯沒有什麼增刪（只刪去了 rallying points 重新集合點）；改動卻很多，就是把英文說法，譯文味道很濃的字眼改成中文本來有的說法，把名詞改成了動詞而已。第一句 cases 是主詞，上面說了，中文用事物做主詞不很自然，所以譯文裡改成了人，「由這些事可以看出」。這本來關係不大，因為「這事例顯示」一類的句子，現在寫的人已經很多了。「農神的祭祀」是名詞，用來作主詞，是英文的習慣。「祭祀農神」就改成了動詞，主詞換了人。a part of……是英文常用短語，固然可以譯成「……的一部分」，但是第一，這樣譯中文沒有表達出原文的含義；第二，也沒有什麼意義。英文原有「不可分」的含義，加強一些語氣就成了 part and parcel of（重要的，基本的部分）。所以改成了「不可少的舉動」反而更接近原義。common crises（共同的危機），是名詞，似乎也是外文；中國的說法是「共患難」，改成了動詞。community consciousness and collective action 譯成「社會意識和集體行動」本來也很好，不過我們一想，中文裡不是現成有「風雨同舟」，「同舟共濟」這兩句話？而「同舟共濟」，正可以兼含「社會意識」和「集體行動」。這是巧合。不過「社會意識」是人類學術語，現在已經不能改動了，我們這裡姑且撇開一下，也許不算太不對吧。

這種譯法，可能引起非議，說「同舟」並不一定是 com-
munity consciousness 我們以爲在這句裡，也可以用了。

4. But the rationalistic qualities of Confucianism alone did
   not appear adequate to meet the challenge from the vast
   domain of the unknown, to explain convincingly the ex-
   traordinary phenomena of society and nature, to deal
   with frustration and shock from tragedies in the crises of
   life, including death, to lift man's spirit above the level
   of selfish and utilitarian involvement in the mundane
   world so as to give man a higher cause for unity and har-
   mony with his fellow man, or to justify the enduring
   soundness of the moral order in the face of morally unac-
   countable success and failure. (P.20)

這一句又有很多抽象的字眼，照譯出來就不像中國人的說法。主詞
the rationalistic qualities of Confucianism 管的賓語又很多，
所以譯起來費事一點。我們可以有兩個譯法，一個是照原文的層
次，一個是分開來一件一件地說：
　先照第一個方法譯：

但是儒家單憑理性的觀念似乎不能充分應付龐大的未知世界，不
能圓滿地解釋社會和自然的特殊現象，在人一生的生死關頭，不
能應付悲慘事件的挫折打擊，不能使人的精神擺脫俗世自私功利
的拖累，尋求人類進一步的團結與和諧；遇到憑道德無法解釋的
成敗也不能替道德不變的準則辯護。

這樣譯已經很好，我們再試第二個方法，也許更近乎中文一點：

> 但是儒家單憑理性，似乎解決不了許多問題。人類未知的領域無涯，要是誰揀這方面提出問題來爲難，就無法妥爲應付；社會和大自然離奇的現象，無法圓滿解釋；人生危急存亡關頭的挫折驚悸，無法處置。世俗爲己，功利是鶩，無法提高人的精神，爲崇高的理想而謀人類同胞的團結，和諧相處。遇到成敗不關乎善惡，也無法替道義辯護，說道德的常法一定不移。

這樣翻譯似乎過於大膽，事實上任何譯者不能花太多時間，找中文裡可用的詞語。不過如果要求譯文在中國讀者心裡產生英文在英美讀者心裡產生的反應，應該有辦法可想，那麼怎樣辛苦也都值得的了。

照字面譯如果譯對了，並非不可以，問題在讀者不易領會，要在腦子裡想一陣，做一番「翻譯」的功夫。譯者多翻譯一點，讀者就可以省掉這番辛苦。何況照字面譯往往譯得不對；譯得不對，讀者就是用盡腦力，也想不通，「譯」不出來。

現在再看這樣譯法，增刪改動的情形。（rationalistic）qualities 刪去了，因爲這個字不譯出，沒有關係。including death 刪去了，因爲 crises of life（人生的種種危機）改成「人生危急存亡關頭」，已經包括進去了。第一句平空添了「許多問題解決不了」，原因是下面要縷述種種情況，不是上面一個主詞可以統管得了的；只有總領一句，以下才能左一個「無法」，右一個「無法」。如果不這樣，就要重複用「儒家單憑理性」這個主詞。

而各種情況所用的動詞又不同，共有 to meet, to explain, to deal with, to lift, to justify（其實還有to give），否則句末可以用一個動詞總結，如說「以上種種，儒家單憑理性，對付不了」或「……無法解釋」。

一再重複用「無法」也是爲了表達主詞在遙遠控制着各種情況。如果謂語裡的動詞一換再換，讀者就要疑心，「到底是怎麼一回事，這也無法，那也不能？」

說法換了的就很多。challenge 一般譯做「挑戰」，大家也許已經習慣，知道指的是什麼了。不過這裡我們仍然認爲把它譯成「提出問題來（跟我們）爲難」比較好。adequate 本來是「充分」，我們改爲「妥爲」。convincingly 可以譯爲「有說服力的」，但和「解釋」連在一起，不妨改爲「圓滿」。selfish 當然可以譯爲「自私」，但也可能是「自利」，所以用「爲己」，包括這兩方面的含意。

譯以上四句，找中文原有的說法這樣辛苦，一般譯者無法做到；這樣譯也冒很大的險，因爲中英文沒有完全相等的字詞，找出來的，多少也還是有不合的地方。我們這樣譯法，目的在做試驗，看看能找出什麼樣的字眼來。因此別的人可能要挑剔（「挑戰」？），我們攔不了，不過也希望有更好的譯法讓我們知道。（以上我用了「我們」，其實文責只由我一個人負。）

現在單說補足。

譯文有時要補足一些什麼的，意思才能明白：

"He has been *called* mad," said my aunt, "I have a selfish pleasure in saying he has been called mad, or I should not have had the benefit of his society and advice for these last

ten years and upwards —— in fact, ever since your sister,
Betsey Trotwood, disappointed me."

「別人居然說他瘋，」姨婆說。「我說，別人說他瘋，我正求之
不得，否則過去這十年來我就沒有他做伴，給我出主意的好處
了——事實上，自從你姊姊貝采‧喬幄叫我失望以後，我多虧了
他。」

這句裡的「多虧了他」是補出了的。如果不補，話就沒有說完。不
然「自從你姊姊，貝采‧喬幄叫我失望以來」變成插句，「十多年
來」和「我就沒有他做伴……」隔斷了。這不是中國人說話的習
慣。（「……不然過去這十多年來——其實，自從你姊姊，貝采‧
喬幄叫我失望以來——我就沒有他做伴，給我出主意的好處
了。」）

　　下文不多久，又有一句"……he had been left to his（指
his brother）particular care by their deceased father……"
「他們去世的父親本來關照過他哥哥要特別照應他的，事實上他哥
哥卻並沒有。」這句末了「卻並沒有」是原文所無，但是如果不加
進去，中文的語意就沒有完。

　　再舉兩句譯文：「一家衣食缺乏，直到後來他找到一份工
作。」這句完了嗎？下面一定要補：「情形才好轉起來」之類的
話，才有交代。

　　If nothing worse than ale happens to us……照字面該譯
成：「假如我們不遇到比麥酒更壞的事……」這是無懈可擊的譯
文，問題在中文的「麥酒」跟「事」不相等。所以這裡要改為「喝
麥酒」。

七、踏破鐵鞋

──偶然巧合要搜尋──

研究翻譯的人總喜歡談意譯，直譯，我已經表示過沒有這回事了；可直譯就直譯，不可直譯就意譯。譬如說 Certainly not「當然不」有什麼意譯？但是 How do you do 又怎麼能夠直譯呢？照字譯還會出錯，下面要提到。

不過不譯字，譯意卻是千萬要緊，可也是極辛苦的事情。有時真要踏破鐵鞋去尋覓，遲早總可以找到吧。

我一直力言，不可照字翻譯。到底不照到什麼程度呢？這件事沒有一定的標準，不過有一點可以說，就是有時候要看中文有沒有碰巧可以借用的。以下是若干例子，希望能喚起研究翻譯的朋友在這方面的注意。

這些例子難以分類，只好拉雜寫下，有的恐怕也自成一類，無可再分。

challenge 這個字當動詞用一般都譯「挑戰」，中文看來很不順眼。有很多字可以用，例如「跟（人）爲難」（不一定向他挑戰），「找（人）的麻煩」，「跟（人）較量」，「向（人）領教」「找碴兒」，「找縫子」，「找尋」（「尋」字輕讀）等。

inevitable question「不可避免的問題」不像話，我們是說「躲不了的問題」，「總會來（有）的問題」。

Take a common experience 「拿常有的經驗來說吧」，不

如說「拿常常碰到的情形來說吧」。

Impossible！「不可能！」這樣的中文現在也常常聽到。不過早些時大家都只會說「不成！」「這怎麼會（或「行」！）」總比較像中國話一點。有時是「辦不到！」「不至於，」「不會。」

We no longer ask whether we can accomplish it. 不一定譯成「我們不再問是不是我們能完成它」。「**我們辦**不辦得了這件事已經不成問題了，」才是中文。「**不成問題**」早些時是說「不消說了，」「還用提嗎？」

……until absolutely necessary……切不能譯成「直到絕對必須之時」。我們到現在也還只是說「非到萬不得已……」

one of the most capable men.
湯新楣兄用「屈指可數的能幹人」，實在高明。他還把 emotional insecurity 譯爲「心情舒坦不了」，也是可圈可點的。

A managing director has a lonely job. He needs a sparring partner.
我們不用腦筋就會譯成「一個總經理有一份孤獨的工作。他需要一個拳擊練習的對手。」也可以改好一點，譯成：「當了總經理做起事來就形單影隻，也要有個時時和他交手的人。」

an unfortunate woman（如果上文指她遇人不淑）可以譯爲「薄命婦人」，不可以用「不幸的」。其實單單用「遇人不淑」也沒有什麼不可以。當然詞類和結構不同，不過上下文也可以改動一下，來遷就它。

an unfaithful （husband）不宜譯爲「不忠實的」（丈夫）。應該用「薄倖的（丈夫）」。行文敘述到這種人的妻子還可以說她「丈夫有外遇」或「丈夫外面姘了女人。」

that morning 不是「那個早上」，是「那天早上」。that

summer 不是「那個夏天」,是「那年夏天」。現在已經有很多人寫「那是一個夏天的早晨」,這是外國話。

　　The intrigue, scandal, and murder in high places then shocked him.

「當時高級人士的密謀醜聞和謀殺,使他震驚」譯得太忠實了。我們的說法是:「他真想不到當時權貴會幹出傾陷,穢亂,暗殺之類的事情。」

　　pageant 如果上下文合適,可以譯為「百錦」音義都合,也算是湊巧的了。

　　He took the hand which I dared not withhold.

　　他握起我不敢不伸出的手。

是無懈可擊的譯文。可以改好些嗎?試把「不伸出」改為「斬而不與」怎麼樣?這個詞文一些。(「握住」比「握起」好一點。)

　　I never stopped for a word.

有人譯為「我不曾在一句話上停頓過」,不對。這個「在……上」也應該避免。應該譯為「我從來沒有在半途停下來跟人談一句話」。

　　……brought the gentleman into great notice.

有人譯為「使這位先生引起了極大的注意」。我一向反對這樣用「使」字。可以試改成「別人對這位先生大為矚目」。這是從另一角度來譯的一法。

　　when I walked alone 可譯為「我獨行踽踽」。按「踽踽」(讀如「舉」),意思是「無伴貌」,詩經「唐風」「杕杜」有「獨行踽踽」。雖然稍微文一點,還可以用,得當之極。我們常常要利用文言詞,這是例子。

　　I threw myself in a chair. 合乎中文的譯文是「我一屁股癱

在椅子上」。（「我把自己扔在一張椅子裡」太滑稽了。）

We accepted his suggestion 可譯爲「我們依了他主意」，不必說「我們接受了他的建議」。

had an inspiration 可以譯爲「靈機一動」。

accustomed place「慣常的地方」很不順眼。我們中國人說「老地方」。

Our fear of disaster that may never happen……
通常大家都譯爲「我們對於可能永遠不會發生的災難的恐懼」……也不能怪。再多想一下，原來有句現成的中國話「杞憂」。一個譯文用十八個字，一個只用了兩個字。這又是免不了要用的文言詞。

reasonable rates 照譯是「（取費）低廉」，爲什麼不譯爲「價錢公道」呢？

The medicine can control the disease permanently.
譯爲「這個藥可以永遠控制這病」，不算錯，這句話我們卻有更妥當的說法：「這個藥可以根治這個病」。

He embarked on a new career. 譯爲「他從事新職業」（廚子改做進出口），很標準，可是我們有現成的「他改了行」。

……he said in an altered voice（上文提到悲傷）我見到的譯文是「……他用一種改變了的聲音說話」，姑不論這句譯文像不像中國話，原意根本沒有譯出來。中國人的說法是「他哽咽著說……」。

Cotton is badly needed……不是「棉花非常有需要」，是「棉花奇缺」。

我們已經忘記了中文裡許多常用的字。詩人余光中兄常說，我們已經不會用「而」字，代替「而」的是「和」。He is hotheaded and stubborn 譯成中文是「他是性急和固執」，不知道

中國人的說法是「他性急而固執」，或者用「既……又……」不然還可以用「……又……又……」。（「他既性急，又固執」，「他又性急，又固執。」）

其實這個「和」字往往是多餘的。有句譯文「偵聽和紀錄一切電訊」。為什麼不說「偵錄……」呢？都是英文裡這個 and 害死了人。（字典有解 and 為「而」的，可是很少人用這個解。）

我發現還有個「得」字許多人也忘了。譬如 He can eat it.「他吃得下去」諸如此類。這句如果改譯為「他能吃下去」就是外國話了。

remain untreated「沒有接受治療」該說「沒有就醫」，或者另外有一種情形，是沒有請醫生看他的病。

有人形容 Pope Paul VI 是 a humble and pilgrimage Pope 用「謙卑的，遠遊的」不合適。以教宗的身份，說他「平易近人，風塵僕僕」好些。

The days that followed「接著的那幾天」，其實就是「此後幾天」。

four out of five 可以譯為「十居其八」。

To make him less nervous, I talked of small things.「我儘談些不相干的事情，免得他覺得太拘束不安。」可以達意。譯為「為了使他少緊張些，我談小事」就有些硬，「小事」也不達意。有人可能指這種翻譯不忠實，說英文不見了。我認為這才算忠實，當然可以有別的譯法，我那能全想到呢？

to have to make a terrible decision 現在的人已經常說「做決定」了，當然可以「做一個可怕的決定」。不過中國人本來也會表達這個意思的。我們說「不得不硬著心腸拿主意」。

You plant, and I'll pay. 有人把它譯為「你負責種花，我擔

負一切費用」。這又是初學的人不會譯，譯得這樣彆扭的一個例子。他們寫多年英式中文，結果碰到像中文的英文，也譯成英式中文。我們中國人是說「你種花，我出錢。」

Never try to prove to other persons that you are right.
「永不試圖向別人證明你是對的。」就說「切不要在人面前顯得你有道理」，也可以了。

He called no man master. 可譯為「他不向任何人低頭。」或者說「他誰也不買帳。」如果一定要譯 called，就說「他不叫任何人爺爺。」

Different people bring out different traits in us.「不同的人能使我們做出不同的表現。」這句譯文也不太準確。即令是死譯，也要譯成「不同的人能使我們顯出不同的特性來。」其實中國人的說法是「在不同的人面前，我們露不同的性格。」

gentleman crook 直譯是「紳士壞蛋」，其實我們有現成的說法：「衣冠敗類」。（用「衣冠禽獸」稍嫌過火。）

Have I deserved this？這是別人錯怪了你，你才說的。我們可以說「我真是罪有應得嗎？」從另一個角度來譯，或者說「你不怕冤枉我嗎？」或者說「你可以這樣怪我嗎？」這些才是中國人說慣了的話。

He sat quietly by the fire 譯為「他靜靜地坐在火爐旁邊」也可以了。如果不怕文言味重一些，「他默坐爐邊」似乎更好。

exotic birds「奇特的鳥類」這個譯文很奇特。我們的說法是「珍禽」。我常說，我們要有點文言的底子，道理就在這兒。白話文語彙貧乏。現成的文言文有無窮的字眼可以供我們運用，不用太可惜，也是罪過。中文根底差的人什麼奇特的句子都寫得出來，這是顯著的例子。我們是有文學遺產的大國，要多思索一下，不能照

字死譯。這好比有糧倉，開餐館的人，還要討飯，叫人無法了解。

　　一個人一聽到別人的話，總以爲是批評他的，英文說這個人 sensitive。我們現在一看見 sensitive 就來個「敏感」。殊不知大量用「敏感」以前，我們有更專門的字眼。只要想一想，遇到這種情形，人人知道我們是說那個人「好多心」，「會多心」。

　　the garden where the peaches were 幾乎大多數人都會譯成「在有桃子的花園裡」。我們都熟讀「三國演義」，會想到「桃園（三結義）」。

　　timber walls 譯成中文是「板壁」，並不是「用木材做的牆壁」。

　　餐館裡有 private compartment，有人譯爲「私室」。這又奇怪了。中國人無論貧富都上過餐館，大家一向沒見過什麼「私室」。我們有「雅座」這是別的客人不能進去的，十分 private 爲什麼不用？有什麼不好？（現在才有所謂「貴賓廳」，這是由英文 V.I.P. Room 譯來的，實在是多餘的外國話。）

　　What nonsense 譯爲「多末胡說！」不大好。我們有很多說法，例如「眞虧你說得出這種話來！」，「這那裡像人話！」，「這眞是離了譜」，「那裡的話！」如果要用「胡說」，也可以說「胡說八道」。下等一點或舊派上對下的說法是「放狗屁！」更粗野的是「放你媽的（狗）屁！」

　　It's quite a long story.「是一個很長的故事」，根本譯錯。原來的意思是「說來話長。」

　　In fact 不一定是現在誰都寫的「事實上」，更自然的中文是「其實」。

　　You have to make a good many new arrangements.有人譯成「你需要許多新佈置」有人譯成「作許多許多新的安排。」實在

該譯成「好些事要從頭安排。」「安排」當動詞用，比較自然。

in mourning 譯為「穿著喪服」是外國話，因為中文有「戴（掛）孝」。

If all our efforts were not to be in vain（we have to redouble our efforts.）「要是使我們的一切努力不致白費，（我們就要加倍努力）。」這頭半句明明有現成的「要是不想前功盡棄（我們就要加倍努力）。」

It is typical of him to slander others.「毀謗別人是他的典型作風」是新式說法。似乎「他這個人就是喜歡毀謗別人」才是中國話。「……是他的慣技」文一些，近代已改為「……一貫作風」。譯為「……是他的特性」也不太好。

She made tea for us in a most agreeable manner.「她用最令人滿意的態度替我們預備茶，」是極不像話的譯文。你讀了覺得英文的陰魂附在句子裡，譯者沒有翻譯。我們中國人的說法是「她替我們泡茶，態度慇懃。」

When he left, he said……「他離開的時候說……」不如「他臨走的時候說……」

（He is）against change 中文可以譯為「因循」，譯為「一成不變」也好。

I congratulate you on being on the right side.「我恭喜你在對的一方」，中文沒有這個說法。應該活譯：「你站在有理的一方，那好極了。」這也是「切開」的例子。

Nothing else was of any use to me.「別的任何東西對我都沒有用處」多累贅！「對我」、「對你」這種短語越少用越好。我們中國人沒有什麼「對我」、「對你」的。（只有「對我不客氣」，「對你說老實話」之類的結構。）這一句很簡單的譯文是

「別的東西我都用不著。」

　　不要把 It shows（indicates, proves, points to the fact）that……譯成了「這指示（表明、證明、指出……的事實，等等）……。」中文是「可見……」，「由此可見……」，「足見……」。

　　fatality 和「致命傷」可稱巧合。

　　I wanted money「我需要錢。」當然可以，奇怪的是我們並不這樣說。我們說，「我等錢用。」

　　（"You'll marry the pock-marked,"）he said archly.「（你要嫁個麻子，）他調皮地說。」這是照字典解釋的翻譯。中國話這裡是說「……他打趣說。」無論那本字典都沒有這個解釋。

　　play cards 中國人不說「玩紙牌」，中國人說「打紙牌」。

　　Young and inexperienced 給初級翻譯的學生譯，譯成「年輕，又沒有經驗」也很好了。但是給高級翻譯的學生，要求要高一點。現成的「少不更事」、「初出茅廬」就可以用。譯成「乳臭未乾」就嫌過貶。成語也不能亂用。

　　我從前舉過例說，「他的父親和母親」不是中國話，中國話是「他（的）父母。」還有 relatives and friends 不必譯成「他的親戚和朋友」。「他（的）親友」就夠了。

　　his crafty old head 譯成「他陰險的老頭」不對，也像站不住，或者話沒有說完似的。「頭」下加個「顱」也好一點。不過最好還是說「他這隻老狐狸」。

　　英文裡常常插 I am sure, no doubt, surely, I should think 等等字眼。我們當然可以學，不過也不一定學。He will, I am sure, come here. 與其譯成「他會，我確信，來這裡」（不是中文），不如譯成「他一定會上這兒來的」，或者「他總會到這裡來

的。」

英文裡 enough 是個常用字，我們相當的字「夠」卻比較用得少，不過現在大家都大用特用了，也不管中文裡有沒有更適當的字。就像 The beef should be roasted enough 這句，我們受 enough 的影響，會譯成「牛肉該烤到夠。」這是外國話，中國話是「烤到了火候」。編字典的怎麼能把「到了火候」也當解釋放在 enough 下面呢？這一來要搜羅的就太多了。

looked grave 不一定譯成「他面色嚴重（肅）」，而是「照他面色看來，情況嚴重」。或說：「看他面色，就知道情況嚴重。」

His character has already formed「他性格已經形成了」裡的「形成」要改為「定了型」。

He is always against me. 可以譯為「他總是反對我」，有一種情況可以譯為「他總跟我過不去」更好些。

He retains all his delightful qualities to the last.「他始終保持他所有的愉快品質」是所謂「直譯」。如果要讀起來好聽，也保持原文的意思，可以譯成「他始終討人喜歡。」也許 all……qualities 譯得不顯著，那麼就改為：「他一輩子各方面都討人喜歡。」

little, soft hands 如果是女子的任何譯者只要花一點時間就知道中文的「纖手」正合用。

The principal gentleman who officiated behind the counter……這八個字只要兩個字就譯出來了，「鋪長」或「掌櫃」。上面舉的「有桃子的花園」跟這一句的譯法類似。

What a rattle I am !「我是多麼喜歡說話的一個人哪！」英語的驚嘆句短的不能譯得太長，一長就不像驚嘆了。這一句我們可

以改成「我話眞多！」「我吵死人了！」

In the early days of mourning「在戴孝初期」，這是有茶不喝，要喝井水。中國的話叫「有熱孝。」

順便講幾個大家不會忘記的字。「業餘唱歌劇者」（amateur opera–singer）中文是「票友」。這種唱歌劇的 turned professional 不是「轉爲職業化」，而是「下海」。

They are formal with each other.「他們彼此十分正式」這眞是沒有人能懂的中文，除非他本來懂英文，猜得出原文，再翻譯一次。主張逐字直譯，譯文要忠實，主張替中文增加新字眼的人會贊成這個譯法嗎？這個意思我們是說，「他們彼此很客氣。」

The girl is treated very much as if she were a daughter of the family.「這女孩被對待非常像這家的親生女兒一樣。」可怕的「被」！看上文怎樣改一改，一個改法是說「這家人把這個女孩兒視同己出。」

She looked as if she might be broken but could never be bent 這種性格就是我們所說的「任斷不彎」或「寧斷不屈」。

travelling professional puppet show 這個 travelling 現在的翻譯是「旅行」，也不錯。不過以往一向是用「巡迴」，不許換別的字。（譯成「巡迴木偶戲班」可以了。這個「班」就表示了 professional）。

These instructions were so well observed that……爲了不想用被動語態，可倒過來譯：「這些人（或別的主詞，看上文而定）奉命唯謹……。」（主張直譯，照原文譯，就成了「這些指示被如此認眞地遵守，以致……。」）

The city has never been attacked successfully. 說「這座城市從未被成功地攻打過」是胡說，即使改成「……從未被攻擊成

功」也沒有意義。從另一個角度來譯，就說「從未陷落（過）」好了。

由這兩個例子可以看出我們能從另一個（甚至是對面的）角度來解決困難。下面還有一個例子。

Their relationship is a mixture of affection and exasperation「他們的恩怨難分」。

thunderstruck照字面都可以譯成「碰到了（晴天）霹靂一樣。」

You feel everything vital has gone from your life.「你覺得你的生活中已經失去了所有重要的東西。」這能算中文，算翻譯嗎？上文如果是說，某人受了嚴重的打擊，就有句現成話可以用：「生趣全無」，雖然有些文言味道，大家還可以懂。

這也是文言未必完全無用的一例。

"I love everyone of them," said the teacher.「『我愛他們每一個』，教師說」。改一改才好；「『個個都是我的寶貝』，教師說。」是一法。

3000 B.C. 未嘗不可以譯成「五千年前。」

He has enormous energy.「他有充沛的精力」不是中文。中文只可以說「他精力充沛」或「他精神飽滿」。

beyond conventional grooves「超越常軌」不算太壞，仍舊不太好；可以用「不落窠臼。」

Everybody has a favorite story.「個個人有一個歡喜說的故事。」這是照字面譯。我們如果譯意思，就會說：「人人都有津津樂道的事情。」

He refused a tip, saying firmly, "That's part of my job."「他拒絕小賬，堅決地說『那是我工作的一部份。』」這是十足的

外國話，中國人聽不很明白。中國話是這樣說的：「他死也不肯收小賬，說他做的就是這種事。」

hard-luck story「可憐的故事」不就是「苦處」嗎？

……best means of carrying out this project.「進行這項計劃的最好方法」，太硬。可以改爲「實現這個計劃，這個辦法最好。」

To my father, this was a challenge and an adventure.「對我父親而言，這是一種挑戰，也是一種冒險。」這樣譯，中文不能念還在其次，根本沒有把原文的意思表達明白。我最反對「對我」，「對你」，反對「挑戰」，這且不提。這句英文的意思是「父親遇到這種情形，正可以顯顯他的本領（或者「正好一顯身手」），而且也可以嘗嘗新鮮的滋味。」

He wants to test our mettle.「他要試試我們的勇氣。」也可以，不過中國人不這樣說。中國人說，「他要看看我們中不中用。」

Bettors lose inevitably.「打賭的無可逃避地輸錢。」這是譯字。我們且說中國話，「賭錢的免不了輸錢。」「沒有人賭錢不輸的」，也可更經濟些，譯爲「逢賭必輸」。

He dramatically accomplished the job.「他戲劇性地完成了這件工作。」讀者心裡要納悶：「怎麼一個戲劇性法呢？」譯者根本不了解 dramtically 在這句裡的意思，所以也不加研究，就寫下了戲劇性。dramatic 這個字的意思是 striking in appearance or forcefully effective，我想譯爲「他輕而易舉地辦好了這件事」就可以了。

He is more skilful in reading than in writing.「他在讀時比寫時更有技巧。」很彆扭，我們說得簡單，「他讀比寫強」；嚕

嚇一些，也可以說，「他讀的本領比寫的高」。

　　when he is at his work……老譯家會譯成「他對於本身工作的處理……」這的確很冠冕堂皇。不過用得著這樣嚕嚕嗎？我們不是都說「他做起事來……」？

　　Elegant ladies and gentlemen of the eighteenth century French court「十八世紀法國宮廷的紳士淑女……」譯字是沒有錯，不過不切。這句裡的「紳士淑女」不是別的，乃是「王公大臣，妃嬪貴婦」。譯者總要用點想像力，注意各種情況，背景，設身處地；有許多原文裡沒有的東西也要挖出來，補出來；當改的要改，可刪的要刪。

　　successful marriage 是「美滿姻緣」不是「成功的婚姻。」

　　He is heavily in debt.「他負債已深。」任何譯者只要再看一次譯稿，就會改成「他債臺高築」。（我提出這個譯法，都怕得罪讀者。）

　　曾見一句譯文「並非表示自己軟弱」當時沒有錄下原文。為什麼不刪成「並非示弱」呢？

　　英文不能照字譯，heavily armed soldier 不能譯為，「重武裝的士兵」。要讀者不覺得詫異，只有譯為，「配備了火力強大的武器的士兵」。

　　with eyes too big for her face 譯為「她的眼睛太大，臉上容不下」已經不錯了，但是似乎還不很好。我曾經換了個角度，把它改成「眼睛大得臉嫌小」，不知道別人可贊成。

　　題畫的譯文和普通翻譯不同。我見人譯 woman naked 為「裸婦」，woman dressed 為「著衣婦」。「裸婦」倒也罷了，「著衣婦」實在不好。我想要是那婦人穿的衣服好看，人也很美，就可以用「華服麗人」。

　　acrobats tumble 這個短句有人竟譯爲「奇技表演師在作驚人表演」，不知他究竟根據的是什麼。這句中文譯文譯成英文大約是 The acrobat（tumbler） was performing his hair-raising stunts，和原文差得太遠了。爲什麼不能夠譯成「翻跟斗的翻跟斗」？這種錯初學的人並不會犯，倒是老資格的譯家會走火入魔。（上面已有例說明這一點。）

　　這種例舉不勝舉，俯拾即是。舉一隅不以三隅反，做翻譯工作的只要自己問自己，「這句話中文是怎樣說的？」如果不像中國話，不是譯得不好，就是譯錯了。這時就要用心想一想，改一改了。還有就是譯文雖然也像中文，可有沒有更現成的說法？如果有就要再改了。

　　上面我建議改的，不一定就是最好的譯文，我的目的，只在引起譯者注意，不要譯字就滿意了，要多找找。難安排的句子，可以從另一個角度來看原文的意思，再來翻譯。中文詞彙旣然如此豐富，語文的歷史悠久，大有用腦筋的餘地。我們不能爲了翻譯，就毀壞中文。中文已經很不錯，也不用再硬造些嚕囌，含糊的說法來淆亂聽聞。

八、量體裁衣

—— 幾句翻譯的剪裁 ——

翻譯和烹調我已經想到過，卷末附錄裡就有用這個題材寫的文章。另一個可以相提並論的是裁衣。衣著是否合身，主要一點在量體而裁，就是英文所說的 custom-made。這和一大批做好，主顧揀比較合身的買，情形不同。

衣服的料子，顏色也非常重要；這和選字眼、揀風格相同。做得好的衣服和譯得好的文章一樣，別人看了舒服。我們倘使像出名的裁縫做衣服那樣認眞寫文章，對於譯道也可以說已經窺到門徑了。

我選了幾句比較要費心裁剪的句子，提出來和讀者一同研究研究。

All the elements of hope must be counterbalanced by a
chilling awareness that the pace of progress is far too slow.

一般譯法譯成的中文是

　　一切希望的成分必須用進步實在太慢的掃興思想來抵消掉。

但是這是外國話，嚴格說，沒有翻譯出來。這句話照中國人的說

法，該譯成：

> 我們切不可過於重視所有樂觀的成分，卻應該覺得進步太慢，十
> 分寒心才對。

這樣譯只有更切合原意。這有點近乎解釋，但不算解釋，還是翻
譯。反過來，這樣一句中文譯成英文，如果要譯好，也非還原不
可，不是

> We should never lay too much stress on optimistic ele-
> ments, but should rather feel the progress too slow, and be
> chilled by it.

這是英文，也不是英文。英國人絕不會寫這種拖泥帶水的句子。高
手看了改譯的中文就會想一想，然後緊縮，照英國人的習慣，寫出
像原來那樣的句子，所以譯文雖然好像改了原文，其實正是原文的
意思。
　　David Copperfield 裡，敘述大衛考勃菲爾熱愛女子 Dora
（朵若），早上起來，仍舊迷戀得昏頭昏腦，四肢無力，自己覺得
害怕，對付不了，所以作者說他：

> got up in a crisis of feeble infatuation.

這句若是譯成：「在無力迷戀的恐慌（狀態中）起身」這是又準
確，又忠實的翻譯，試問中國人怎麼能懂？
　　中國人閱讀的習慣是一個名詞接一個名詞不用連接詞也能懂

的，如果仿「雞聲茅店月；人跡板橋霜」的例子，譯成五言古體詩，就可以說：「晨起心忱惕，頹然魂魄喪」，和英文的詞序一樣。至於白話卻可以譯成：

> 起牀了，心裡惶恐，渾身無力，都是爲情所困。

這不一定是標準的翻譯，卻正是可以用的翻譯，照原文詞序的翻譯，至少讀者可以懂得，也合乎原作者的心意。

> ……he……said that if I would do him the favour to come down next Saturday, and stay till Monday, he would be extremely happy. Of course, I said, I *would* do him the favour……

有人把它譯成：

> ……他……說，假如我肯在星期六賞光，留到星期一，他便極端快活了。我當然說我肯賞光。……

這句裡的問題有幾個。譯 do him the favour 爲「賞光」極好，但是下面又用這個詞就不妥了。中文裡只能說「拜候」，因爲說話的雙方是師生，學生去拜望老師不能用「賞光」。of course 管的是「我肯」，不是「說」，這個詞的位置放錯了；譯文裡不該是「我當然說」。還有「極端快活」不是中文。「肯」字下面加個點，是表示加重語氣，中文裡當然可以採用這個辦法，不過不用這個辦法，也可以在文字上表現出來。（另一個辦法是用另一種字

體，如正文用宋體字，英文斜體字可用仿宋，詳見「斜體字」譯法一章）。我試譯成：

> ……他……說，如果我肯在星期六賞光，上他家去，住到星期一，就再好也沒有了，我說，我當然一定去拜候。

這並不是「編輯」，也不是「釋義」，而是翻譯。至少也可以說是「適應」，要想翻得妥貼，不得不然。

I was still giddy with the shock of my mother's death……

有人譯成：

> 我依然因了我母親的死震擊覺得頭昏眼花……

這樣譯句子太長，當中也沒有點斷，中國人的說法是切成兩段。我們可以譯成：

> 我因為母親死了，還昏頭昏腦……

或者照原文詞序譯成：

> 我仍然昏頭昏腦，是母親死了的緣故……

But my little vanity, and Steerforth's help, urged me on somehow; and without saving me from much, if anything, in the way of punishment, made me, for the time I was there, an exception to the general body, insomuch that I did steadily pick up some crumbs of knowledge.

我看到的一個譯法是：

> 但是我這小小的虛榮心，再加上斯提福茲的幫助，竟能勉勵我進
> 步；當我在那裡的時候，雖然在責罰方面，並未因而減輕多少，
> 但在零星知識不斷地拾取方面，卻使我成爲全體學生中一個例
> 外。

我曾譯成：

> 可是我的一點虛榮心和司隸福的幫助，不曉得什麼道理督促我上
> 進；雖然免除不了我受的許多處罰，（即使免了一點也有限），
> 卻也在我就讀期間，使我成了全體學生中的例外，因爲我的確按
> 部就班地吸收了零零碎碎的知識。

我一向最恨用「使……」，但是上面這一句裡的「使我成了」竟很
難改掉，因爲前面的主詞是「（我的一點）虛榮心和（司隸福的）
幫助」；不過費盡心思，到底改了過來。

> ……可是……也有限），我卻也因此在就讀期間，成了全體學
> 生……

下面隔一句又有一句：

It always gave me pain to observe that Steerforth treated
him with systematic disparagement……

一般譯法總免不了要用「時常使我痛苦」來譯 It always gave me
pain 其實也可以改得更自然一點，也避免重複用「使我」。「我
看了總很痛苦」是一個譯法。

No one critcizes or gossips about such things.

一般人的譯法是：

　　沒有人對這種事加以批評或說閒話。

這樣譯有幾個毛病。第一「對……加以」雖然是中文，但總不是直
接的說法，尤其上面有「沒有人」這種否定的字眼做主詞，讀起來
更加累贅。第二，既然用了「加以」，最好一氣到底，如「加以批
評或責問」，但下面的「或說閒話」，卻是另一個說法。這一句可
以改成：

　　這種事誰也不會批評，誰也不會說閒話。

這是直接的說法。（直接的說法總比較間接的好，能用就用。）

Machine won't take over the world entirely so long as we
have the little thrill that comes when we add a column of
figures and get the same total we did the first time.

這一句有人譯成：

> 只要我們能有在加起一行數字，所得總數與第一次所得之數相同
> 時，所得的小小驚喜之感，機器就不會完全掌握這世界。

這一句的「有……驚喜之感」短句之中插進去的字太多；同樣，
「在……相同時」中間的字也太多。我試改為：

> 只要把一行數目加起來，總數和上一次相同，我們仍感興奮，機
> 器就不會完全主宰世界。

減了十個字，看起來卻容易明白。

> Mr. Micawber's affairs, although past their crisis, were
> very much involved by reason of a certain "Deed", of
> which I used to hear a great deal, and which I suppose,
> now, to have been some former composition with his credi-
> tors, though I was so far from being clear about it then,
> that I am conscious of having confounded it with those
> demoniacal parchments which are held to have, once upon
> a time, obtained to a great extent in Germany.

這一句套得太厲害，一層一層像筍，連接詞特別多，左一個 of
which，右一個 which，再一個 which，還有 although, though,
by reason of, 兩個 with, so……that, 譯成中文並不太難，也不
太容易。不太難是因為不用太費功夫重新排列詞序；不太容易是因

爲要把關係弄清楚，譯文不得不好好敍述一下，才能把有關的部分
連起來。我試譯成：

> 密考伯先生的事雖然危機已過，卻因爲有張叫做什麼契據的東
> 西，還有牽連。

這裡告一段落，再譯下去：

> 這張契據我以前一再聽到他談起，現在我想，一定是以前他跟債
> 權人立的合約，答應償還一部分帳款，以了結債務的，雖然我那
> 時還不清楚是怎麼一回事，所以把合約跟那些惡魔的文件混爲一
> 談了。

這是另一段落。下面加個括弧，注明有關這些文件的一點：

> （那些文件據説從前在德國大爲通行。）

> The rented-out land, on which a share of the family's
> income depends, was expropriated by the government.

這句很容易譯成「這種形成家庭收入之一部分的租出地被政府徵收
了。」表面看沒有錯，但是仔細一看，「地」怎麼會形成「收入」
的一部分呢？譯成「這塊租出地本是家庭收入的一部分，被政府徵
收了」也一樣。改成「這家人靠這塊地的收入充一部分收入，現在
地給政府徵收了」似乎通了，卻又嫌太累贅。所以譯起來竟很麻
煩。我建議譯成：

這塊租出地被政府徵收了，這家人本來靠它掙一部分收入的。

"And you can hardly think," said Mr. Spenlow, "having
experience of what we see, in the Commons* here, every
day, of the various unaccountable and negligent proceed-
ings of men, in respect of their testamentary arrange-
ments——of all subjects, the one on which perhaps the
strangest revelations of human inconsistency are to be met
with —— but that mine are made？"

這一句頭緒多，主要動詞 think 跟它的謂語 but that mine are
made 隔得太遠，譯起來層次的先後很難分。有人譯爲：

「關於人們的遺囑處理，我們每天在這裡的博士院中見到他們各
種意想不到的不經心的行爲 —— 人類的沒有定操大概在這上頭顯
示得最奇特 —— 有了這種經驗，你大致不會以爲我不立下遺囑
吧？」

這一句我試譯如下：

*Doctor's Commons: A locality near St. Paul's, where the
eclesiastical courts were formerly held, wills preserved, and
marriage licences granted, and where was held the common
table of the Association of Doctors of Civil Law in London
（dissolved 1858）……BREWER'S *A Dictionary of Phrases
and Fable*

「在會館裡，」司本羅先生説，「我們每天經驗到自己看見的事，看見大家立遺囑的種種作爲，不可思議，粗心浮躁——人本來前後矛盾，我們碰到的所有的事情裡面，也許這是把這一點透露得最特別的了——你總以爲我的遺囑已經立下了吧？」

His honest face, as he looked at me with a serio-comic shake of his head, impresses me more in the remembrance than it did in the reality, for I was by this time in a state of such excessive trepidation and wondering of mind as to be quite unable to fix my attention on anything.

這一句的主詞是「他的臉」，謂語是「使我有印象」，當然譯成中文要改。拆開來重裝是可以的，也有一點困難。當中還插入了「在記憶中比在實際中」（某譯本用）的短語，不能不理。我試譯如下：

他半認真，半開玩笑地搖搖頭望著我，一臉誠實，那個神情當時給我的印象還淺，現在回想起來倒更深，因爲我那時候心慌意亂，什麼事都完全不能集中精神注意了。

這是切開不連的譯法。「誠實的臉」不再做主詞，改成了「神情」；「在記憶中比在實際中」拆成兩截，也好透口氣。

I shall do what I can to put a stop to this friendship.

是極簡單的一句，不過也要拆一拆才像話。我們可以說「停止

這——友誼」嗎？還是「破壞這種友誼」？我試譯成「我要盡力攔阻，不能讓這對朋友繼續做下去。」

This incident illustrates the almost inevitable effect on hearers of any self-dispraise. When you open that personal door of familiarity, those who rush in can often be very disagreeable.

這一句有人譯成：

此事足以證明，任何自我毀謗幾乎都可以招致這樣的後果。當你把你那道矜持的藩籬拆掉，那些衝進來的人，說不定都極可憎。

中文用抽象名詞做主詞，沒有英文自由，如果用「招致」，「引起」，「促成」更不好讀。這種名詞很少在中國打下了天下；只有「失敗（主詞）為成功之母」，「愛情使人盲目」等算是站住了。中國的「善有善報，惡有惡報」表面上主詞是抽象名詞，實際上是人，不過「人」字沒有寫出來罷了。所以「毀謗」「招致後果」就不很合中國人說話的習慣。

這一句要譯文像中文，要改很多，我提出的譯文是：

由此看來，別人聽到你任何自貶的感想，差不多相同。與人相處，一旦不拘客套，等於門戶大開，他人就可以直入，往往弄得你很不愉快。

He was at the top of all the rackets: narcotics, smuggling, prostitution and counterfeit.

> 他是販賣海洛英，走私，賣淫和僞鈔等非法活動的天字第一號人
> 物。

這句太長，而且「賣淫」和「僞鈔」不能排在一起，「賣」是動詞，「僞」是形容詞。（上面一路下來全是動詞加名詞），「販賣＋海洛英」，「走＋私」。）嫌長我們可以切。現在改譯如下：

> 他販賣海洛英、走私，經營淫業，製造僞鈔，幹這些非法活動，
> 是天字第一號人物。

> They have learned to live with the oppression, but are not
> learning to accept it.
> 他們學會了忍受壓迫，可是不想學接受它。

accept 這個字現在大家都譯成「接受」，但這個譯文最好不要用。

> 他們學會了忍受壓迫，可是不想學會甘心忍受。

> He was so intent upon his own reflections that he was
> quite unconscious of my approach.
> 他是那末專心於他自己的思慮，他完全未覺出我的臨近。

這句英文譯成了中文還是英文。而且第二個「他」用不著。中文是這樣的：

他想自己的事太專心，所以我走過去他都沒有覺得。

（中文裡下半句的主詞是「我」，所以要再用一個「他」字。）

And the confident manner of the other candidates as one by one they were auditioned for the role, was unnerving, although she was somewhat comforted by the mediocrity of the voices of the others.
再看應徵者的那種充滿自信的老到神情，她更心驚膽跳，雖然她們的嗓子都馬馬虎虎，她稍爲放心。

這句譯得不好，漏了「試唱」（auditioned），還寫錯一個字，（稍「微」寫成了稍「爲」）。要譯得容易讀些，大約是這樣：

再看試唱的應徵者個個都充滿自信，她不免心驚（飛）肉跳（亦作「心驚膽顫（戰）」）。幸而她們的嗓子都平平，她才稍微放心。

She saw that actors were serious, hard-working people, and that the wigs, the heavy make-up, the extravagant costumes were simply protective armour against the perils of an exceptionally hazardous profession.
她看來演員都是認真勤奮的人，假髮、濃艷的化妝品、劇裝，不過是防範這種異常不穩定的職業裡的風險的保護甲而已。

這樣譯太長，句末連用三個「的」，讀起來透不了氣。「職業裡」

不是中文。「化妝品」是女子用的，演員用的是「化裝品」；男演員不能用「化妝品」。現在改一改如下：

> 她發見，演員都是認真勤奮的人，假頭髮、濃厚的化裝品，奢華的劇裝，只是自衛的盔甲，因爲這一行毫無保障可言才用得著的。

A patient's answers to his doctor's questions about his aches, pains, and odd feelings are an important part of the ordinary physical examination.
病人對於醫生所問有無各種疼痛和奇異的感覺之答案，在普通身體檢查上是非常重要的一部分。

這句照原文，把各部分連接，中文就嫌太長，念起來吃力之極，這種「在……上」又是中文裡沒有的。「之」字是文言虛字用在這裡不調和。現在把它劈開：

> 普通體格檢查，醫生問病人，有沒有各種疼痛和奇異的感覺，病人的答案，是這件事重要的部分。

按去找醫生的，未必是有病的人，關於 patient 這個字的譯文，請看第二十章「履夷防險」乙：「騙人的字」（209頁）。

No article has ever made so great an impression on me.
沒有一篇文章曾像這篇一樣留給我如此深刻的印象。

這是通行的譯法。似乎沒有不妥。我不滿意的就是這樣的句法不像中文。我們說話思想，大多以人為主詞，只有沒有人的時候，才用物，如「這篇文章好極了。」所以我們表達上面這一句意思的方法是：

我讀這篇文章，印象深極了，認為沒有別篇可以比得上。

我說「大多」，指的並非絕對不可。譬如這一句也可以改成；

這篇文章給我的印象很深，其他的文章沒有一篇可以比得上。

Tricky or badly constructed questions can push or mislead others into giving completely false answers.
刁難的或是句構欠佳的問題能使人作出完全不正確的答覆。

這又是照原文的字死譯的。我一再反對這樣用「使」字，我想我們的說法是：

問題的措詞詭譎，層次不清，看到的人可能完全會錯意思，答非所問。

Since inflation has so many powerful friends, why not accept it as a way of life?
因為通貨膨脹有這麼多有力的朋友，為什麼不當它是生活的一個方式，接受它呢？

這句譯錯,毛病也很多;「有力的朋友」是修辭說法,不能照字
譯;上面已經說了「接受」不是好字眼。試改如下:

> 既然通貨膨脹有這麼多助長它的有力因素,爲什麼不聽其自然
> 呢?

> Their teachers described them as happier than the other
> children, more curious, more affectionate, and having a
> better chance of being successful in later life.
> 他們的教師描述他們較其他的學生爲愉快,有更多的好奇心,較
> 爲可愛,以後在生活中可以有獲致成功之較大的可能。

這是死譯!「在生活中」、「獲致成功」,都不是中文。「較……
爲」,「……之較大……」都是文言結構。而且「之」後面立刻就
接白話的「的」。「有……可能」當中的字太多。「快」,「愛」
押韻,散文裡要避免,這一句完全受原文限制,綑得不能動彈。我
們要解除束縛。試改如下:

> 他們的教師拿他們和別的孩子比較,把他們形容成心情更愉快,
> 好奇心更重,情感更懇摯,前途更有希望。

這樣改了,還有一個大毛病,「快」,「重」,「摯」,「望」全
是仄聲字,而且全是去聲。這樣的譯文,對讀者沒有交代。不得已
把「懇摯」改爲「誠悃」(如果嫌太文,再不得已改爲「誠懇」,
「懇」雖然也是仄聲,卻是最接近平聲的一聲,幾乎是半平)。另
外還有幾個改法,就是把「好奇心更重」的「重」改爲「濃」,

「懇摯」仍舊改爲「誠懇」。

　　詩人黃國彬兄正在譯一本講中國宗教的書，裡面有 magical-cult 一詞，指沒有宗教理論只有妖術愚民的教派，他譯爲「神道設敎」，眞是妥貼，也是還原，可佩之至。下文又有 magical protection，他譯爲「神靈庇護」，也是極好的譯文。（按 cult 這個字社會學，人類學皆譯爲「崇拜」，不過根據「淸朝續文獻通考」，可以譯爲「崇祀」，屢見「聖諭」。）

九、咬文嚼字

文章有陣勢，不能不顧。

day after day, from week to week, and term to term.

要譯成

日復一日，週復一週，期復一期。

如果「期」字不能用，就要全改。

這裡且引我譯的「西泰子來華記」（ *The Wise Man from the West* ）一段譯文，以見文章的排比、氣勢、音調，要費多少氣力：

（原書第十三章 P.224）From the many dangerous defiles which traversed the range of peaks, some sixteen thousand feet high, they chose the Pass of Parwan, in turn approached by seven minor clefts known as the Haft–bachah, or seven young ones. Through these, now working a vein of quartz along the rock face, now sheltering for days at a time from storms thunderous with avalanche, now worming a path into the very core of the mountains, now zigzagging up thin–watered gorges, with the whole giant range astraddle their shoulders, they emerged into a world of black and white, compact in the **forms of a** grotesque primeval geometry.

（譯文見第原書213頁，公教真理學會出版）在海拔一萬六千呎的群峯之間許多危險的狹道中，他們選了帕萬山道，經過七個小裂口可達，這些裂口稱爲哈夫特巴卡，意思是七個年輕的人。他們走過這些地方，時而沿著岩石的表面，採掘石英的鑛脈前進，時而躲避狂風暴雨，和聲如雷鳴的雪崩，好多天蟄伏著不敢移動，時而匍匐前進，深入諸峯的核心，時而彎彎曲曲，攀上淺水流過的山峽，肩上橫跨整個巨大無比的山脈，踏入一個黑白分明的世界，那景物的奇形怪狀，一如古代的幾何畫樣。

這段譯文當然不見得十全十美，但原文寫情況、寫風景的氣勢，也保存了一些。原文裡一連用了四個 now 字，中文也非用四個「時而」不可，作者寫這段文章想必用了氣力，譯成中文也不得不用點心。這是十多年前譯的，現在譯當然還得修改。上面我只把「年靑」改爲「年輕」。發見毛病在末了短句之末連用了幾個仄聲字，「面」、「進」、「曲」、「峽」、「脈」、「界」、「狀」、「樣」，而且「狀」，「樣」還押韻，犯了散文之忌。

　　如果要改，不很容易，也不是完全沒有辦法。我想可以把它改成：

　　……採掘石英的鑛脈前移；時而躲避狂風暴雨，和聲如雷鳴的雪

崩，好多天蟄伏著**不敢動彈**；時而匍匐而行，深入諸峯的核心；
時而曲曲彎彎，**攀上淺水流過的山峽**，肩上橫跨整串巨大無比的
群山，踏入黑白分明的世界，那景物的奇形怪狀，一如古代的幾
何畫圖。

這一改聲調就好聽多了。

　　譯者和任何文章家一樣，要對平仄敏感。

　　我再三講作文的人應該懂平仄，所以把一篇講平仄的舊作附在
後面。現在略舉一些例子如下：

　　「七俠五義」第三回：「一路上，少不得飢餐渴飲，夜宿曉
行……」。這末八個字的對仗且不去提（餐、飲、宿、行都是動
詞），單說平仄，就配得很好：

　　飢（平）餐（平）渴（仄）飲（仄）
　　夜（仄）宿（仄）曉（仄）行（平）

唯一可以換的是「曉」字，這個字可以換個平聲字如「朝」，不過
第一、第三兩個字本來是不很要緊的，而且上聲（曉）跟平聲分別
極微，所以不必換，古人也說過上聲可以當作平聲的話。我改別人
的譯文，時常是爲了四聲不和諧而動筆，也被不明白的人埋怨過。

　　有句譯文，「……船隻（仄）穿梭來去（仄）」。我把「來
去」改爲「往來」（平）。但是如果刪去「隻」字，就可以照舊
了，「……船（平）穿梭來去（仄）。」

　　我見過一個短句 cast our lines into the brook，譯作「溪中
垂釣」，似乎極爲典雅貼切。但仔細一想，中文現成的還有「溪畔
垂綸」用「畔」不用「濱」的原因很簡單，溪、垂、綸三個字全是

平聲，若再用平聲，這四個字就沒法念了。

Everything was fresh and lively, I was so fresh and lively myself.「萬物都新鮮、蓬勃，我自己也新鮮、蓬勃。」說物「新鮮、蓬勃」當然沒有問題，人怎麼可以呢？如果爲了用的字跟原文一樣重複，改爲「萬物都有生氣而活潑，我自己也有生氣而活潑」，就可以了。

我們會時常發見，英文可以用來形容人物的字（如上面的 fresh），中文未必有；中文有的英文也未必有。譯完了要細細看一下，自己有沒有犯了這種毛病。

還有極其要注意的地方。

She had the most delightful *little* voice, the gayest *little* laugh, the pleasantest and most fascinating *little* way, that ever led a lost youth into hopeless slavery.

這三個 little 都譯成「小」行嗎？別的不管，單譯這三個字，中文要用（聲）輕、（笑）淺、（動作）波俏，之類的字眼。

文章裡要避免重複的字眼，譯文亦復如此。

the ancient houses, the pastoral landscape of field, orchard, and garden……

這一句譯出來是：

古屋、田野、果園、花園的田園景色……

這裡面有兩個「田」字，三個「園」字，怎麼可以？如果改爲

　　古屋、原野、果園、花園的田舍景色……

還有兩個「園」字，「果園、花園」再改爲「花果園」，就免掉
了。

　　譯文要顧上下，還有個例子：

But the fainter glimmering of the stars, and the pale light
in the sky where the day was coming, reassured me……

這句裡的 fainter 和 pale 都可以譯成「微弱」，當然要用不同
的字。我們可以說「爍爍的星光漸漸暗淡，……天空已經有了魚肚
白色……」。（這個 pale 不能譯成「灰白」，形容光只有 dim
這個解。）

　　文章要顧前後。whether she is fair or dark, or whether
she is short or tall……如果譯成「她是白、是黑，是矮、是高」
雖然也夠了，可是如果補出「皮膚」和「身材」來就更明白。「她
皮膚是白、還是黑，身材是高、還是矮」。（中國話裡不大說「是
矮還是高」，這個次序顛倒一下不要緊。尤其這一句裡「高」和
「白」應該在同一地位，「黑」和「矮」也是。）

　　像 He was born in Bordeaux on April, 20, 1840 這樣淺易
的句子，也會有麻煩。「他於一八四〇年四月二十日生於波爾多」
裡有兩個「於」字。於是有人想出了辦法，改爲「他在……，生
於……」。這樣一改，會好一點嗎？改爲「他於……生在……」也

一樣。

　都不好。「於」是文言虛字，「在」是白話虛字，文言白話相混，極不自然。中國人遇到這種情形，會說「一八四〇年四月二十日，他生於波爾多（或「在波爾多出世」）。」當然可以譯成「他一八四〇年四月二十日生於波爾多。」

　文章要顧到結構上是否相等。

> Both families place importance on the economic condition of the other family and the kind of relation they are likely to make.

這句英文裡面的 condition 和 kind 都相等。現在且看譯文：

> 雙方家庭都重視對方的經濟條件，以及將來成為什麼樣子的親戚。

這句譯文裡用了「……的經濟條件」（名詞短句）和「將來成為什麼樣子……」（分句），就不相等了。這一句只有重行結構，不妨改成：

> 雙方家庭都重視對方經濟的條件，而且認為對方將來會成什麼樣的親戚這一點，也很要緊。

> Conversing with her; and hearing her song, was such a delightful reminder to me of my happy life in the grave old house she had made so beautiful, that I could have

remained there half the night……

跟她談心、聽她唱歌，使我那末愉快地想起……

這裡的「使」是我痛恨的，我決定把它拿掉，試改如下：

跟她談心、聽她唱歌、試想起我在她整理得那麼美、老而莊嚴的
宅子裡度過的時光，非常愉快，我可以在那裡逗留到半夜……

英文裡用 effective 的地方，中文不大講「有效」，大多用別
的字眼，如「那種運動對身體有益」，「這個辦法行得通」，「他
的演講非常動人」，諸如此類，這幾句英文裡的形容詞全可以
用 effective。

英文裡 forties 一般人都譯作「四十年代」。有人譯成「一九
四幾年」，都不太壞，也不太好。實際上是指一九四〇到一九四九
這十年。如果說「一九四〇起十年間」就比較好懂。early
（late）forties 更麻煩些。現在的譯法是：「四十年代初期（後
期）」。如果說「一九四〇年後最初幾年」「一九五〇年前幾
年」，也許比較好懂。

「他成功地做了這件事」這是英文 He did it successfully；
我們說「他把這件事辦妥當了。」或者就說「他把這件事辦成功
了」。successfully（成功地）是英文常用字，卻不是中文常用
字。

現在常常在譯文裡見到「逃離」、「駛離」這類的詞，看樣子
日後會給人收進字典裡去。這樣結合的詞中文一向極少用。「逃離
虎穴」，中文是「逃出虎穴」，「駛離港口」，中文也是「駛出港
口」。這些眼生的詞有什麼優點嗎？我實在看不出來。

「逃離」似乎出現得最早，還有別的「……離」呢，步的是「逃離」的後塵。He jumped off the chair 有人譯成「他跳離那椅」。這比「逃離」更可憎。我們可以譯成「他從椅子上跳下來。」

現在的譯者和作家，當用「有」的地方不用。「會有惡果」不用「有」，要用「產生」。「有」已經夠了，**還要加個「著」字**，說「有著」，如「有著勢力」。還有**「起反感」**是很好的中文，有人嫌它不雅，一定要改成「產生反感」（原文是 feel a sense of rejection）。不用「奏效」，一定要用「產生效力」。

有人譯過一句：「他的真實姓名尚未為人所知，僅以筆名馳名。」這句中文實在讀不下去，連用三個「名」字，誰都會覺得不舒服。就說「他的真姓名大家還不知道，別號倒傳揚開了。」

中文的動詞，看彼此的關係，有一定的字眼。譬如 Her parents love her. 裡的 love 不能用「喜愛」，這裡只能用「鍾愛」，口語化一點可以用「疼」。

他動詞和後面的賓語不可隔得太遠。如「他們爭欲一睹由某國前來調停兩國事端的代表的風采」，這一句裡的「睹」和賓詞「風采」就嫌隔得太遠，不妨改為「他們爭欲一睹某國代表的風采，他是派來調停兩國爭端的。」

中文有時重複同一動詞，不像英文用一個動詞，下用 and 來連結，如說 raising ducks and chickens，我們的說法是「養雞養鴨」（中文總是雞先鴨後，不是「養鴨和雞」）。短短幾個字包含兩大要點：一、中文不連，英文要連；二、中文有一定次序，譯者需要改編。

Devotion and love 不能譯成「精誠親愛」；只有顛倒為「親愛精誠」；這種顛倒，合理之極，原作者也不會反對。還有是

He loves wine, **woman, and song,** 不能譯爲「他愛酒、女人、和歌」。這不是中文。**中文是**「他愛酒、愛女人、愛歌。」或者說「醇酒、婦人、歌曲，**都是他喜歡的。**」（文氣上後一譯法有點不同。）

中文的連詞「和」不能用來連兩個動詞。「**維持他的生活和供**給他求學的費用」是不通的。這裡只可以用「並」。其實不用「並」只用個「，」也行了。這都是英文裡那個少不了的 and 惹出來的麻煩。

He sipped his tea and kept talking to his guests. 叫人譯成「他喝他的茶和跟他的客人不斷談天。」這是個可怕的「和」。中國人的說法是「他一面喝茶，一面跟客人談天。」我們現在似乎忘記了還有這個結構。還有兩個 "他的" 都用不著。

字有不同等級的文雅、俚俗，一定要在譯文裡充分表現出來。purchase 譯爲「採購」，「購買」，buy, shop 譯爲「買」，就很貼切。反之，就不大像話。

我見過「獸類的皮」這個短句譯文，就想到爲什麼不用「獸皮」這個現成的名詞呢？

「外科手術」犯重疊的毛病。He underwent an operation on the stomach. 說「他的胃動了手術」或「……開了刀」都可以，不能說「……施行了外科手術。」手術還有內科的嗎？

「加以收藏起來」，也嫌重疊，說「加以收藏」，或者「收藏起來」都可以。

一句裡切忌用文言白話的同義字以示變化，如上面用了「只准」，下面用「僅許」，上面用了「的」，下面用「之」。（例子：「他只准手下的人花二十分鐘吃中飯，連自己的兒女也僅許花三十分鐘吃晚飯。」「國家的建設之計劃分三個步驟。」）

　　這不是變化，是自相矛盾；雖非水火不容，也和西裝上衣，穿在道袍上一樣，極不調和。

　　一句中國話有三種說法：如 take breakfast 洋派是說「進早餐」，口語「吃早飯」，文雅話「用早點」。現在是洋派大為得勢。

　　教育是不能「進行」的。現在「進行」代替了一切動詞，連還算時髦的「推行」都被它擠開了。

　　The difference between the two sets of rats 譯為「兩批老鼠之間的分別」是很可笑的。中文裡的「之間」如不用於實際的空間，如「兩人之間相距約五尺」，至少也有關聯，「會員之間，很多交往」。如果說到兩批老鼠不同，無須什麼「之間」，就說「兩批老鼠的分別」好了。這個 between 很害人。

　　現在原文裡沒有 between，譯文裡也有「之間」。The two developed a friendly relationship that……一般人的譯文總是「這兩人之間建立的一種頗為友好的關係……」其實是說「兩人慢慢成為朋友」。

　　It killed or wounded more than 500 people. 有人譯為：「這次意外造成五百多人的傷亡。」這句英文寫得很自然，用的動詞 killed, wounded，中譯卻用了名詞短語，「造成傷亡」。用這種短語是英國人作文的通病，傳給了中國人，結果是中文變本加厲，青出於藍。其實中文用動詞，既省字，又自然，「……有五百多人傷亡」，還不好嗎？

　　Every Sunday he plays chess 譯為「每個星期天他下棋」，當然不算錯。不過我們如果說這句話，總不說「每個」，我們是說「每逢」（或「逢到」），甚至根本不用這些短語。要不然還會說「一到了星期天」。還有「他下棋」，也嫌不夠。我們會說

「他總下棋」，或「他就下棋」。這都是要補出來的字。我們通常說，「他星期天總下棋」。

Good, bad, beautiful 這三個字比「好」、「壞」、「美」的意思多許多。這是說英文的人用得廣，我們用得有限的字。單說 good 這個字查任何字典都可以發見它有很多解，如形容 wife, 中文就是「賢」其餘可以類推，總之不常用「好」。

He has developed a genuine patriotic feeling 譯為「他發展了一種真正的愛國精神」，有兩個毛病。「精神」不能「發展」，只能「發揚」。「一種」也用不著，雖然英文裡 a 不可少。或者說，「他已經養成了真正愛國的精神。」

The large family makes it possible for people to work at a combination of occupations. 現在一般人一定譯成「大家庭使家人得以從事各種職業。」我們如果說中國話，可以改成：「大家庭的人能就各種行業。」這一來這個「使」字就免掉了。

Dr. Wu's rats……中文不是「吳博士的老鼠」，是「吳博士養（來供試驗用）的老鼠」。這種例子很不少。（英文裡的所有格 possesive case 譯為中文有時是很麻煩的。如 the love of God 是上帝對人的愛，也是人對上帝的愛。）常有人說中文不精確，其實英文也有不精不確的地方，這就是其一。

He turned his head 不該譯成「他轉過頭」。該譯「他掉過頭」。（我們說「轉身」，「轉面」，不說「掉身」、「掉面」〔但可說「掉過臉」〕。）

Nominate a delegate 推（代表）用 nominate，派也是用 nominate，兩字也可以連用，如「推派代表」，其實兩者並不同，推是大家推舉，派是上面指派；到時候看情形揀一個。

interesting 是個可怕的字，不一定總是「有趣的」。英文有

一解值得我們留意 excite attention and curiosity（激起人的注意和好奇心）。這樣說，譯為「值得注意」、「引人入勝」是可以的。

英文的 make（one ill），cause（one to nauseate），很自然，但中文不大用「使得他生病」、「令得他作嘔」這種不很自然的說法。中文倒說「害得他病了一場」，「引得（或「叫」）他作嘔」。

Should 不一定是「該」。「該是多麼好！」不是中國話。這句常見到的文句，連英文是什麼我都想不出。這是劣譯養出來的私生子，父親是誰都沒法查。

The rain saved the crop. 不可以譯為「雨挽救了莊稼」。這個saved 要譯為「保全」。挽救大局、危機、命運，都可以。

at a table was a man 不是「桌子前面坐著一個人」，是「桌子後面坐著一個人」。「前面」改為「面前」好些。

Her eyes are quicker than mine 裡的 quicker 不是「快些」，而是「尖些」。

He urged that…… 不是他「促請」，是「力陳」。

attention waned 不是「注意力漸減」，是「注意力漸漸渙散」。

There are snakes 有人譯成「也有蛇存在」（沒有寫出「有著」真算好的了）。為什麼不能說「有蛇」呢？這又是故意寫得文雅才會犯的毛病。

十、中文禁忌

　　這章和上一章可以合而爲一，不過分一分也好，眉目可以清楚
些。

　　中英文各有常用的句型、字詞，也有忌用的句型、字詞。忌用
的並不是不可用，而是用了，即使語法不錯，也叫人看了很不舒
服，不容易立刻明瞭。

　　近來中文裡大用的「通過」（作「因爲……的原故」解）就是
個該避免的詞。這個詞本來是由 through 譯過來的，現在連 on
account of, by means of, under 等等字眼，甚至連這些字眼都沒
有的句子裡也用「通過」。余光中兄告訴我，有人寫「通過我母親
我認識了她。」這種句子太不像話了。

　　中文「通過」是指實物通過某處，如「下雨馬路淹了水，車輛
通不過」。或指「議案」經過法定的人數贊成而成立。現在因爲英
文用 through 作爲「以……爲媒介或手段」，譯者把它譯成中文
也用「通過」，免得傷腦筋去想原有合用的字，但此風實在不可
長。譬如，He educated himself through correspondence
courses 一般人喜歡譯爲「他通過函授課程教育自己（或者竟譯成
「……進行自我教育」）。」中文沒有辦法說這句話嗎？我們不是
有個現成的說法，「他靠（或者「利用」）函授課程求學，教育自

己。」如果改爲「他上函授課求學（敎育自己）」，就更好。

This idea is somewhat more difficult to present through statistics.「這個觀念多少更難通過統計數字表現」，是句可怕的譯文。（現在「多少」都改成了「或多或少」更討厭！）不去說那兩字一組的詞一連八組，單說這個「通過」就很生硬。何不說「用統計數字來表達這個觀念，更困難一點。」？

He delivered a speech through an interpreter.「他通過一個傳譯員發表了一篇演說。」我們不可以譯爲「他經人傳譯，發表了演說」嗎？甚至照原文詞序，譯爲：「他發表演講，有人替他傳譯」？

Under the reform programme「通過改革計劃」，不可以譯成「依照改革計劃」嗎？

Through his effort, we have been able to contact many friends in the enemy-occupied area.「通過他的努力，我們才能夠和敵人佔領區的許多朋友保持接觸。」不可以譯爲：「多虧他出力，我們才能跟淪陷區的許多朋友連絡」嗎？

中文裡「家庭」一詞的用途不及 family 在英文裡普遍，如 some fimilies，我們與其說「（有些）家庭」，不如說「（有些）人家」。字字都要經過思索、衡量。還有像英文的 heart 指人，中文的「心」卻不可以。But I was soon bitterly reproved for this harshness by seeing his face turn pale, and tears course down his lengthened cheeks, while he fixed upon me a look of such unutterable woe, that it might have softened a far harder heart than mine. 句末這個 heart 不能譯成「一顆更硬的心」，要譯爲「心腸更硬的人」。（全句可譯爲：「不過馬上我就痛責自己，不該對他這樣殘酷了，因爲看見他臉色變白，眼淚

不住地淌下拉長的腮幫子上，眼睛釘著我，現出難以形容的淒慘，就是心腸比我更硬的人看了也會軟化的。」）

　　中文的「做」不如英文的 do 用得多。時常用的倒是「辦」字，「辦不辦得到？」是很好的中文。「沒有辦法，」更是許多人的口頭禪。我們也用很多別的字代替英文的 do，如「幹」、「行」、「為」等，如 You did a good job.「你幹得好」；This won't do.「這樣行不通」；He does whatever he likes.「他為所欲為」。

　　"He can hardly say just now," observed Steerforth carelessly. "He knows what he has to do, and he'll do it." 「『現在他還不能說呢，』司棣福不經意地說。『他知道什麼事要辦，就會把事辦好。』」這句也可以譯成：「……他知道什麼事必須做（作），而且一定去做（作）。」這個「作」字這樣用的時候少，雖然和「做」的意思一樣。

　　respected受尊敬的，也不錯，He is much respected in his home town.「他在家鄉很受尊敬」，是很正確的，不過中國人是說，「他在家鄉很有聲望。」

　　社會學家所謂 values 指某一社會重視的觀念、習慣、制度等，如自由、教育、清潔等。中文的「價值」一詞，並沒有這些涵義，如果用來照譯，讀者未必能夠明白。如 defending the values of the classical tradition「保衛古典傳統的種種價值」；all values are only relative to a given culture……「一切的價值只和特定的文化有關」；這裡面的「價值」就要斟酌。（第一句可以改用「觀點」，第二句可改用「標準」。）

　　英文裡的 hint 比中文裡的「暗示」用得多。英國人可以說 He did not take the hint，我們不說「他沒有接受這個暗示」，我們說「別人點他，他沒有理會到」。還有 He dropped a hint 我們不說，他給人暗示；我們說「他露（或『透』）出了口氣（或『風』）」。

　　Lord Chesterfield （ 1694-1773 ）寫信給他的兒子，稱他為 friend，還有耶穌和他的門徒在一起，史家也稱 Jesus and his friends，這兩個 friend（ s ）中文裡都不是「朋友」。我們查遍字典，沒有可用的翻譯。中國重視五倫的關係，父子、師徒絕對不是朋友。那一本書裡也不會提到這些事，譯者只有自己注意。（ 我們只能說，「 吾兒 」，「 耶穌和他的門徒 」，不管它原文是 friend（ s ）或者是別的中文不用的字。 ）

　　中文不喜歡 insecurity「 不安全感 」，這種用「 不 」開頭的詞。還有 non「 非 」開頭的，如 non-committal「 不承擔義務的 」、「 不表明意見的 」等等，這已經在「中英文之別」裡詳談過了。

　　用物做主詞，人做賓詞，中文不喜歡。His rare skill makes him famous.「 他的罕有的技術使他出名 」不是中文。這句話中國人是這樣說的：「 他身懷絕技成了名。 」英文的修辭學也同樣喜歡用人做主詞，司丹福大學的 Wilfred Stone 和 J.G. Bell 合著的 *Prose Style, A Handbook for Writers* 裡就提到這一點（ Ch. 5: Sentences ）。我們正可把譯文寫得比原文還好些。

　　中文忌用 in my bewildered condition, in my desperate state, in the state of trouble 這種短語。中文的說法是「 當時我很為難 」，（ 不要說「 我在為難的狀況中 」）「 當時我陷於絕境 」（ 不要說「 我在絕境中 」），「 有困難 」（ 不要說「 在困難狀況

中」）。如果英文說 in excruciating agony，中文可以說「如坐針氈」，而不是「在極令人難受的痛苦中」。

　　幾個動詞連用，是中文的大忌。（deter him from attempting to accumulate land holdings）「阻止他企圖累積土地」；to sell the land purchased from John Doe「出售購自約翰・杜的土地」。

　　我們喜歡寫成「不要讓他拼命買地」，「把跟約翰・杜買來的地賣掉」。

　　我看到這樣的譯文：「把力量伸回這個地區」，「伸」字這樣用中文犯大忌。（「伸」只能「伸進」去，不能「伸回」；如果是「回」，就只能用「縮」，但這裡不能用「縮」。）

　　She protected her husband from interruption. 這個 protected不可譯爲「保護」。因此我們不能譯成「她保護她丈夫，不受干擾（有人會加「使」字），「使不受干擾」，更糟）。」我們的話是這樣說的，「她不讓別人（或『別的事』）打擾她丈夫。」

　　Children now spend more and more time in front of the television「兒童現在花越來越多的時間在電視機面前。」這是中文不能容納的英文句法，必須改寫才行。因爲現在的人似乎已經忘記了中文，連這樣簡單的話我也不得不請人修改：「現在的兒童花在電視機面前的時間（或說『花來看電視的時間』）越來越多了。」

　　「他所做的優異工作顯示……」這是我們常常看到的譯文，實

在不是中文。我們表示這個意思的方法和英國人的不同；我們說，「他工作的成績優異，足見……」

「他的學業的日漸退步，都歸因於性格的偷懶。」這句和下面幾句的原文我已經找不到，不過英文如果這樣寫，也是壞透的英文，中文更不用說了。犯的是用名詞的毛病，中文最忌。為什麼不譯成：「他生性懶惰，學業越來越退步。」？

「面臨喪失應付能力的情況」這三個動詞，「面臨」、「喪失」、「應付」連在一起，是中文的大忌。「面臨……情況」也不是很好的中文。這句的語病醫起來很吃力，不是改一兩個字就行的。如果說的是某某總統、內閣閣員，我們可以說他「遇到的情況，是他應付不了的。」

「……爬下，去而到了氣筏上」這是什麼中文呢？現在有的人寫中文當用「而」字的地方用「和」，詩人余光中兄已屢次提出，而不當用「而」的地方卻大用。「去而」是其中之一，當然用得最多的是「從而」，「去而」也是由「從而」化出來的。這句意思很簡單，「爬下，上了氣筏」就完了，當中並不缺少什麼連繫。「從而」也許還可以用，但是語體文不能用，諒是由 in order to 變過來的。最糟糕是上文可能還有個「由於」，「由於」工業的發展，從而為農業的發展打下了鞏固的基礎」（見某詞典例句）。這句中文是很奇怪的，英文也不能這樣寫，何況中文。中國如果還有語言，中國話是這樣說的：「工業發展了，農業也就有了發展的基礎。」我們說話，不必像英文那樣，把關係交代得那樣清楚；無須說出，已經明白。順便說一句，英文裡 The reason why he opposed the nomination is because⋯⋯也不是好英文，我們不會寫中文的人倒學會它了。（正規的英文應該是 Why he opposed the nomination is that⋯⋯）

　　as a musician（poet, painter, politician⋯⋯）「作爲一個音樂家（詩人、畫家、政客⋯⋯）」已經在中國「註了册」，完全合法，連不認識一個英文字的人都這樣寫了。不過好像亡國奴，痛定思痛，總覺得亡國是很慘的。仔細一想，這能算中文嗎？我們本有極簡單明白的說法，「身爲音樂家（詩人⋯⋯）」，甚至就是「音樂家」。「音樂家的聽覺一定靈敏」，不就是「作爲一個音樂家，他的耳朵的感覺一定靈敏」嗎？（按現在的人可能省去那個「他」字，「作爲一個音樂家的耳朵⋯⋯」，不過嚴格說來，這樣的句子沒有主詞，文法上是不通的。又按「耳朵的感覺靈敏」已經是多話了，我們本有一個專用字，「聰」，可惜很多人都忘記了。按中文「軔」字，意思是「阻止車輪旋轉之木」，本可以用來譯 brake 這個字，但是我們大約已經忘記了這個意思，所以另外造了「閘」、「刹車」、「制動器」。這種事也不必去提了。）最可怕是不認識英文的人，現在也滿口「作爲一個⋯⋯」，我們不能不佩服劣譯的成績！

十一、還原

　　我提到過翻譯還原的問題，就是例如原來是中文，給人譯成英文，現在要把英文還原。這不完全是翻譯。

　　的確是件難事。本來是外文，不管多難，都可以譯成中文；獨有原來是中文的外文譯文，任何高手也譯不回來；意思可以譯對，卻不是原文。任何人手上有原文，都可以拿出來指責你。而找出原文有時候並不太容易，雖然找到了照抄，一點不費氣力，只要不抄錯就行了。

　　我從前譯過克魯寧（Vincent Cronin）的「西泰子來華記」（ *The Wise Man from the West* ），裡面就有些要還原的地方；最近譯夏志清兄的「中國人的幽默」（ *Chinese Humor* ），又要做些還原的工作。

　　「西泰子（就是「利瑪竇」）來華記」裡有整篇的東西要還原。就如利瑪竇的供品清單：

1. A small modern painting of Christ.

2. A large antique painting of the Virgin.

3. A modern painting of the Virgin with the Christ Child and John the Baptist.

4. A breviary, with gold–thread binding.

5. A cross inlaid with precious stones and pieces of poly-
chrome glass, containing relics of the saints.

6. An atlas–the *Theatrum Orbis Terrarum* of Ortelius.

7. A large clock with weights, and a small striking clock
of gilded metal worked by springs.

8. Two prisms.

9. A clavichord.

10. Eight mirrors and bottles of various sizes.

11. A rhinoceros tusk.

12. Two sand clocks.

13. The Four Gospels.

14. Four European belts of different colors.

15. Five pieces of European cloth.

16. Four cruzados.

這十六樣貢品譯起來並不難，但是這些東西明朝叫什麼名稱，用什
麼量詞呢？徐光啓、李之藻他們怎樣譯的？承蒙思高聖經學會的神
父把原文借給我，當時改編的譯文是這樣的：

一、時畫小幅基督像一幅。

二、古畫大幅天主聖母像一幅。

三、時畫天主聖母手抱聖嬰並有聖若翰洗者在側像一幅。

四、金線裝訂日課經一册。

五、鑲嵌聖人遺物及各色玻璃寶石的十字架一座。

六、萬國輿地圖一册 —— 即奧泰立烏斯的萬國寶鑑。

七、有擺大自鳴鐘一架，鍍金而裝有發條的小自鳴鐘一架。

八、稜鏡兩具。

九、大西洋琴一張。

十、玻璃鏡及玻璃瓶大小共八事。

十一、犀角一隻。

十二、沙刻漏二具。

十三、乾經（福音經）一册。

十四、大西洋各色腰帶共四條。

十五、大西洋布葛共五疋。

十六、大西洋國行使大銀幣四枚。*

下面接著是他的奏章：

"Li Ma-tou, your Majesty's servant, comes from the Far West, addresses himself to your Majesty with respect, in order to offer gifts from his country. Your Majesty's servant comes from a far distant land which has never exchanged presents with the Middle Kingdom. Desitpe the distance, fame told me of the remarkable teaching and fine institutions with which the Imperial Court has endowed all its peoples. I desired to share these advantages and live out my life as one of your Majesty's subjects, hoping in return to be of some small use. With this aim, I said farewell to

*按羅光總主教在「利瑪竇傳」裡所改編的字眼和上面的略有出入。總之也不是翻譯。

my country and crossed the oceans. At the end of three
years, after a voyage of more than eighty thousand *li*, I fi-
nally reached Kwangtung province. First, not understanding
the language, I was like a dumb man. I rented a house and
studied the written and spoken language, then for fifteen
years lived in Shiuhing and Shiu–chow. I acquired a good
understanding of the doctrine of the ancient philosophers; I
read and memorized parts of the Classics and other works;
and I understood their meaning a little. Then I crossed the
mountains; from Kiangsi I went to Nanking, where I stayed
five years. The extreme benevolence which the present
glorious dynasty extends to all foreigners has encouraged
me to come now even to the imperial palace, bringing gifts
from my country, among them a picture of the Lord of Heav-
en, two pictures of the Mother of the Lord of Heaven, a
book of prayers, a cross inlaid with precious stones, two
clocks, an atlas and a clavichord. Such are the objects I
bring and now respectfully offer to your Majesty. Doubtless
they are not very valuable, but coming from the Far West
they will appear rare and curious. Like the watercress and
warmth of the sun which are all a poor villager can offer,
they will testify to the feelings of your Majesty's servant.
Since childhood I have aspired to virtue; now I have run
more than half my course. Never having married, my only
desire is that these gifts may bring your Majesty long life,

unalloyed prosperity, the protection of Heaven on the empire and the tranquillity of the people. I humbly beg your Majesty to have compassion on me, since I have come to place myself under your Majesty's law, and deign to accept the European objects I offer. In doing so, your Majesty will increase my gratitude of your Majesty's immense goodness which excludes no one; and your Majesty will give a servant come from afar the means of showing a little of the affection which your Majesty's kindness inspires in him. Formerly, in his own country, your Majesty's servant graduated; he obtained appointments and rank. He has a sound knowledge of astronomy, geography, geometry and arithmetic. With the help of instruments he observes the stars and he uses the gnomon; his methods are in entire conformity with those formerly practiced in your Majesty's kingdom. If your Majesty does not reject an ignorant, incapable man and allows me to exercise my paltry talent, my keenest desire is to employ it in the service of so great a prince. Nevertheless, incapable as I am, I would not dare to promise results. Your Majesty's grateful servant awaits orders; he has written this letter in all humility. Dated the twenty-fourth day of the twelfth moon of the twenty-eighth year of the kingdom of Wan Li."

原來這是由下面的中文譯出來的：

「大西洋陪臣利瑪竇謹奏：爲貢獻土物事，臣本國極遠，從來貢
獻所不通；邇聞天朝聲教文物，竊欲霑被其餘，終身爲氓，庶不
虛生；用是辭離本國，航海而來，時歷三年，路經八萬餘里，始
達廣東。蓋緣音譯未通，有如喑啞，因僦居學習語言文字，淹留
肇慶、韶州二府十五年，頗知中國古先聖人之學，於凡經籍，亦
略誦記，粗得其旨。乃復越嶺由江西至南京，又淹留五年。伏念
堂堂天朝，方且招徠四夷，遂奮志徑趨闕廷。謹以原攜本國土
物，所有天帝圖像一幅、天帝母圖像二幅、天帝經一本、珍珠鑲
嵌十字架一座、報時自鳴鐘二架、萬國輿圖一冊、西琴一張等
物，陳獻御前。此雖不足爲珍，然自極西貢至，差覺異耳，且稍
寓野人芹曝之私。臣從幼慕道，年齒逾艾，初未婚娶，都無繁
累，非有望幸。所獻寶像，以祝萬壽，以祈純嘏；佑國安民，實
區區之忠悃也。伏祈皇上憐臣誠愨來歸，將所獻土物，俯賜收
納，臣益感皇恩浩蕩，靡所不容；而於遠臣慕義之忱，亦稍申於
萬一耳。又臣先於本國忝預科名，已叨祿位，天地圖及度數，深
測其秘，制器觀象，考驗日晷，並與中國古法吻合。倘蒙皇上不
棄疏微，命臣得盡其愚，披露於至尊之前，斯又區區之大願，然
而不敢必也。臣不勝感激待命之至。萬曆二十八年十二月二十四
日具題。」

　　除了這些長段之外，零零星星有許多文字要還原。利瑪竇用中
文寫過書，如「天主實義」、「畸人十篇」、「交友論」、「十
誡」、「天下圖」、「四元行論」、「西琴曲意八章」、「天體
論」、「二十五言」等。那「畸人十篇」是「人壽既過，誤猶爲
有」、「人於今世，惟僑寓耳」、「常念死候，利行爲祥」、「常
念死候，備死後審」、「君子希言，而欲無言」、「齋素正旨，非

由戒殺」、「自省自責，無爲爲尤」、「善惡之報在身後」、「妄詢未來，自速身凶」、「富而貪吝，苦於貧窶」。

除了這些書名和奏章之外，還有引文，「天主實義」這本書就引了一些，都是要找來還原的。

我譯夏志清兄的文章，覺得特別爲難。這篇文章只有他自己能譯。我想像他當年寫那篇文章，心裡想的是中國人、中國事、中國文，但他精通英文，天衣無縫地把要說的話用講究的英文寫了出來。現在要我這個淺人把他的英文還原，是萬難做好的。他那篇文章許多地方不能翻譯，要還原。不過這不是像把利瑪竇的書名、奏章有文字可尋的還原；卻是要把他當時究竟想的是什麼，原封不動地寫出。

我費了一個多月工夫，慢慢譯，本想請他過目，他又很忙。發表以後，我一直惴惴不安。現在略述我猜測的一二經過。

中國報上轉載外國通訊社發出有關中國人的消息，常在人名後加括弧，說是「譯音」，這是還不了原的一證。這種人名不能譯。不過文章裡的字眼總可以想一想辦法。就如夏兄說到道家 in his enjoyment of life（tea, food, poetry, nature, and the company of charming women），照字面譯是「享受人生（茶、食物、詩、自然、和媚人的女子交往）」。這是他當時心裡想的嗎？

我想不是。想像他和朋友談天，談到這種事，大約會說，「道家講究吃喝、作詩消遣、縱情山水田園，與美人廝守……」

不過若說全篇文章都是用中文思想，也不見得。夏兄研究西洋文學，有很多思想、觀念、用語，本來就是西文的；這些卻要翻譯。就如他說到 human behavior, malicious self-assertion, extroverted interest, viscerotonic, somatotonic 等等，可並不

是由中文翻譯的。

　　比較嚴重的是若干字眼、事件，若照原文翻譯，就變成了笑話。例如夏兄說到和尚，The Chinese simply cannot believe that a monk can really abstain from sexual love or from eating the flesh of animals. 照英文譯應該是：「中國人簡直不能相信，和尚能眞戒性愛，或食動物的肉。」任何中國人看了這一句一定以爲夏兄是外國人說中國話。「他在美國住得久了，也難怪，」他們也許會說。其實沒有這回事。

　　爲了還原，我查過佛敎的戒條，「五戒」、「八戒」、「十戒」。五戒裡就有「不能殺生、不偷盜、不邪淫、不妄語、不飲酒」，夠了。我不知道夏兄當時有沒有想到五戒、八戒、十戒，不過中國讀書人說到這件事大約會這樣說，「中國人根本不相信和尚眞能夠守不邪淫和不殺生的戒條。」有些中國人會說「中國人根本不相信和尚能守淸規」。

　　文章裡提到 The traditional Chinese humorists were usually retired officials and scholars unsuccessful in the civil examinations. 這一句照原文譯是：「傳統中國的幽默家通常是退休的官員和文官考試失敗的學者。」這又是一句外國話。我想夏兄當時的心裡想的可能是「傳統中國的幽默家通常是退隱的官員和科場蹭蹬（或「不得志」）的讀書人」。文一點的說法「退隱」是「歸田」、「致仕」；「讀書人」是「士子」。

　　下面說到 Their attitude of detachment and their independent incomes helped them to enjoy the luxury of humor. 這一句照字面譯是：「他們超然的態度和獨立的收入幫他們享幽默的奢侈。」當然不是夏兄心裡想的中國話。我大膽猜測他也許是這樣想的：「他們置身局外，衣食無虞，所以能享幽默的福。」

　　好了，這種例子太多，不能一一舉下去。夏兄的原文不難找
到，拙譯也在「聯合報」刊出，讀者如有興趣，可以找來一對，也
可以批評，改善。

　　原文裡提到的幽默家包括史記裡的「滑稽」，這種人叫他們做
幽默家總不合適。我特地翻了「滑稽列傳」，發見這批人並不全是
弄臣。淳于髡竟是齊的贅婿，博聞強記，數使諸使，未嘗屈辱，是
第一流的外交家。這很有意思。我們也不叫他們做「幽默大師」，
其實倒是的。

　　還有一本葛伯納（Bernard Gallin）教授寫的 *Hsin Hsing,
Taiwan: A Chinese Village in Change,*。裡面引了好些要還原的
地方，如臺灣的法令條文等等。這本書編譯的過程中我也盡力蒐集
了原文的資料，想不到作者列為英文參考書的一本 T'ang Hui-
sun（湯惠蓀）的 *Land Reform in Free China*（1954），竟有
中文本，也許是原文。葛伯納這本書的中譯我曾經參與編審（已由
香港中文大學比較文學與翻譯中心出版），其中引用湯書的文字都
已經譯好，例如第四章有一句引文：

　　……the question of farm rents was entirely outside of the
　　jurisdiction of these associations. It（the rent question）
　　was not only left unsolved, but there was even a marked
　　tendency for farm rents to keep on increasing.

本來把它譯成這樣：

　　地租的問題完全不在這些協會的權限之內。地租問題不僅沒有解
　　決，反而有顯著的繼續增加的傾向。

這樣譯雖然未必十全十美，也過得去了。但是聯經出版事業公司的
林載爵先生卻找出了原文：

> 高類地租問題，爲該會權力所不及，置而不問，豈僅未獲減輕，
> 卻有繼續增高之勢。

這是任何翻譯專家「譯」不出來的。順便說一句，這段原文譯成的
英文，譯文並不太準確；這一來，更難譯它還原了*。（我不知道
這是不是由英文譯回來的。）

　　最近我譯了英國牛津大學教授霍克思（David Hawkes）譯的
「紅樓夢」第五十四到八十回的序文，又碰到了翻譯還原的問題，
提出來給今天從事翻譯的朋友參考參考。

　　任何人都可以想像得到，霍克思談「紅樓夢」所參考的幾乎全
是中文書刊。他把要提的都譯成英文，譯得好的時候，天衣無縫。
我現在要把它一一還原，十分吃力。第一，要找到那些書；第二要
知道在書裡什麼地方而尤其要緊的是知道那些文句、字眼原文是中
文，那些是霍克思自己的英文。

　　即如本來是英文，沒有中文的句子，有時也要知道他仿的什麼
中文寫出來的。如序文一開頭有個短句：

wait for the next volume

並不是先有了中文再譯成英文的。這樣一句原來寫在譯本的每册之

---

*按原文既有括弧裡的 the rent question，可見是中譯英，我應
該看出；何以葛氏列爲英文參考書，就要請問他了。

末，霍克思把八十回分三册出版，本可譯爲「等下册吧」。不過其實霍克思是仿「且聽下回分解」的譯文寫出來的；原書每回原文是「下回」，他在卷末把「回」字改成了「册」字。所以要譯成「且俟下册分解」才對，否則霍克思是懂中文的，看了就要笑了。

　　不用說，有幾段是引文，把原來的本子找來，抄它一抄就是了。如「空空道人……將這『石頭記』再檢閱一遍……並題一絕……」這是甲戌增刪本裡的話，但要找到原文也要花些時間。應該注意的是像「一七五四年」這樣不用譯的數字，也要還原。霍克思原來看到的是「甲戌」，他必須把它譯成「一七五四年」英文讀者才懂，現在到了我手上，就要把它還原，否則霍克思看到，又要笑了。以下「一七六四」（甲申）、「一七六二」（壬午）、「一七五六」（丙子）、「一七六七」（丁亥），都是一樣。最重要是「庚辰」（一七六〇），絕不能不還原，因爲這是重要的一個本子的名稱。

　　revise 不是「修訂」，是「增刪」，lost 不是「遺失」，是「迷失」；原文如此，譯文也無懈可擊，可是中譯只有把它還原。

　　「脂硯齋」譯成 Red Inkstone（紅硯臺）未必好，但也很難譯得更安貼。「畸笏叟」譯成 Odd Tablet（古怪的書版），更欠佳，也難爲了譯者。這種名詞還原還不太難。

　　「脂評」是一定要查的，倘使直接去翻譯，吃力而必出亂子。

　　霍克思說起四十回，認爲曹家可能爲了政治的原因而把它按下不表（suppressed for political reasons），這純粹是外國人說的話，原文絕非如此。中國話是「怕有礙語，不許它傳世」，總可以在以往的文獻裡找到。同樣，下面的 subversive「顚覆」應該是「違礙」。

　　霍克思提到的遺失了的「五六回」，原來是「五六稿」。當然

「賈家被充公」誰也知道是「賈府抄家」，不過如果不加思索拿起
筆來就譯，也可能譯走了樣。

　　Cook Liu（柳廚子）是「柳家的」。「三姐和她悲劇性的訂
婚」也是外國話，霍克思起初想到的是「三姐恥情歸地府」，我大
概沒有猜錯。接著「賈璉和二姐秘密的結婚」也一定是「賈璉偷娶
尤二姐」。「王熙鳳的復仇」就是她的「借劍殺人」。「尤太太」
是「尤老娘」。

　　書末譯者致謝幫了他忙的人，我又費了一番手腳，凡是中國人
都得找出中國姓名來。可是還有二位，始終無法認人，一位
是 Dorathy Liu 太太，另一位是 Li Fu–ning 教授。我當然沒有
照今天報紙上的辦法，亂寫幾個字，下注「譯音」。不過也不得不
承認自己孤陋。有一位霍克思提到的 Michael Liu 博士，我認識
一位叫這個名字的劉博士，就和他打了電話，證實果然是他。

　　還原這件事，其難有如此！

　　湊巧看到一本關於「紅樓夢」批評的譯作，譯者做了不少還原
的工作。可是百密一疏，把「情榜」譯成了「天冊」（英文是 ce-
lestial roster of lovers）；「淚盡」（或者是「還淚」、「欠
淚」？譯為「枯竭其眼淚」；「金釵」譯為「荊釵」。這三個錯都
在短短二段裡。此書原作者是中國人，看了不知作何感想。這裡順
便提一提，也可見還原的重要。

　　楊慶堃教授寫的 *Religion in Chinese Society*（中國社會的宗
教）現正由友人黃國彬兄譯為中文，裡面有無數要還原的中文。搜
索的辛勞，難以盡述。很多縣志不是一般圖書館所有，他也有引錯
的地方，這且不提。有些地方並沒有還原的問題，而有還原的必
要。如書裡提到晉朝王凝之信五斗米道，非常認眞，孫恩攻會稽，
僚佐請他準備，他不聽，跑到室內請禱。出來對諸將說，他已經請

大道，答應派鬼兵相助，賊自己會破。結果給孫恩殺了。楊教授的英文說王凝之是位 mighty chieftain（強有力的酋長〔或「首領」〕）。按王凝之是東晉的左將軍，會稽內史，現在姑不論英譯是否正確，身爲中國譯者，絕不能用英文來譯。

　　還有孫恩的身分楊譯是 the enemy（敵人），這也是中譯裡不能用的。我們要換個字並不容易。說他是流寇也可以吧。這些全要查了「晉書」才能決定。

　　這一類的書原是寫給讀英文的人看的，如果譯給中國人看，最好由作者重寫。原有的中文資料固然他最淸楚，有些地方須要改寫，也只有他才有那個膽量。譯者在黑暗中摸索，就艱辛了。

　　我們撇開還原不談，難道譯者不應該偶爾想像一下，某一句話中國人該怎麼說嗎？外國人談幽默家、談知識分子、談詩人、談政治家，一定不能像中國人嗎？有時候我們也未嘗不可以用中國人的說法吧。這件事提起來，爭論就多了。

十二、十面埋伏

——在……上、中、下、裡、前、後——

　　看了現代中文裡那麼多的「在……上」、「在……中」、「在……下」我眞有十面埋伏之感。自從劣譯橫行以來，無知的人不知中英文有別，以爲白話非如此寫不可，文章裡就充滿了這些可憎的短語，叫人看不下去。不但中文不通的人摹倣，就連專門寫作的人也有些迎合這個潮流的。我看到過受高等敎育的人作的文，曾經蒐集到一批資料，堪稱洋洋大觀，附錄在後面，供大家硏究。現在要提的是另外一些例子，都是我看到的譯作。

On his repeated solicitation.
在他不斷的懇求下。

中文似乎是「經他不斷（地）懇求」。

Under his promptings.
在他的激勵下。

「給他激勵了一番。」

Made a deep impression on me.

　　在我身上留下深刻的印象。

中文說到「在我身上」只指肉身而言，有實際的接觸，如「在他身上搜出了嗎啡」。上面這句英文譯成我們的話是「給我很深的印象」。說「在我心裡留下深刻的印象」還可以，這已經是洋化了的中文。其實這都是外國話，我們的話看上文怎樣，另外有說法。紅樓夢第一回賈雨村在甄士隱家看見一個丫鬟，「生得儀容不俗，眉目清楚，雖無十分姿色，卻亦有動人之處，不覺看的呆了，」後來這個丫鬟又回頭看了他兩次，他引爲知己，便時刻放在心上。這就是「有了很深的印象」，可是從前沒有人說這樣的言語。

　　offered by
　　在……提供的方便下。

這句譯文實在莫名其妙，我也不知道怎樣改法。

　　She withdrew her hand timidly from his arm.
　　她怯怯地從他的臂膊中抽出手來。

從這句譯文看來，這位女士的手已經像把刀一樣，插進這個男子的臂膊裡去了。事實當然不會。我們只能說，「她害羞地從他肘彎抽出手來。」

　　I looked up from my writing 或（drawing）.
　　當我從寫作中（繪畫中）向上看。

這個「從……中」是很**不容易講通**的。中文的「從中」叫人想到
「取利」。怎麼「從**寫作中向上看**」呢？這個 from 很害人。本
來的意思是表示情況的**轉變**，上文裡是說人在繪畫，所以該譯成：
「我停下筆來抬頭一望。」

　　With his aid.
　　在他的援助之下。

英文並不是 under his aid. 可見這方面我們已經「青出於藍」
了。中文說，「有他幫忙」，「得到他的援助」，或者「藉他的
力」。

　　Swung on its anchor chain.
　　在錨鍊上搖盪。

船絕不會放在錨鍊上搖盪。又是這個前置詞 on 害人。不錯，the
book on the desk 是「放在桌上的書」，不過上面這句裡的 on
指的是「附著」、「繫著」，指船已下碇。就譯「船下了碇，搖搖
盪盪」好了。

　　in our world.
　　在我們的世界裡。

這是不容易辦到的；不是埋在土裡，就是跑進礦穴裡，才有這個狀
況。我們不是有現成的「在世界上」嗎？

many among （of） us.

我們中間許多人。

這是很特別的現象，「我們」分成兩組，中間有許多人（不是我們自己）。其實不必管什麼 among 不 among，of 不 of，就說「許多人」就行了，說「我們有很多人」也可以。

You know so much more about this than I do

在這件事上你比我知道得多。

「事」不是有體積的硬東西，「你」怎麼能在它上面呢？即使說「關於這件事，你比我知道的多」也太囉嗦。說「這件事你比我知道的多」還不夠嗎？（如果原文this是道理，就要改爲「你懂得的……」）

He sipped tea from his tin mug.

他從他的洋鐵的杯子裡喝茶。

這個「從」不是太可怕，卻用得不合中文習慣。我們說，「他喝洋鐵杯子裡的茶。」

Under his care.

在他照料之下。

這不是中國話，The shop is under his care，換成中國話是「這爿店是他在經營（或「管」）」。沒有什麼「下」啊「上」啊的。

Under （in） the circumstances.
在這種情況下（中）。

這是很難決定的，「下」呢，還是「中」？「下」好一些，但這也不是中文。中文是說，「碰到這種情形」，沒有什麼「中」，什麼「下」。爲什麼一定要用英文的 preposition，而且限定它一個解呢？

During the day.
這一天裡面。

雖然「裡」和「中」可以通用，這個短語只能用「當中」。有時可譯作「白天」（以別「晚間」、「夜裡」）。

Littimore was there, and had his usual effect upon me.
黎提摩在那裡，保持過去在我身上的影響。

這個「在我身上」又是指有形的實物，如「他一口痰正吐在迎面走來的人身上」，或者「那個女人洗衣服的水正潑在過路人的身上」。這一句可以譯爲「……給我的威脅如舊」（「威脅」是從上文推測而來）。

There is a strong personal resemblance between them.
他們中間有強烈的容貌相似。

「他們中間」和上面提到的「我們中間」一樣，是指有形的實物放

在那裡或拿走說的。這個 between 害了人。它不一定指兩件實物的中間，也可以指關係。到了中國人嘴裡，就說「他們兩個人（或『彼此』）相貌極其相似」好了。「有……相似」也可怕。

I never saw a man so thoroughly enjoy himself amid the fragrance of lemon–peel and sugar, the odour of burning rum, and the steam of boiling water, as Mr. Micawber did that afternoon.

在檸檬殼和糖的香氣中間，在滾熱的甜酒氣味中間，在沸水的蒸氣中間，我從來不曾見過一個像密考伯先生那一下午那樣十分開心的人。

這一連串「中間」叫讀者透不過氣來（「檸檬殼」也不對），有沒有辦法避免呢？我們試試看：

我從來沒有見過一個人聞到檸檬皮跟糖的香味，強烈的甜酒氣，滾水的蒸氣，有密考伯先生那天下午那麼滋味十足的。

　　上面已經領教過 from 的可怕了，現在還要再舉一個例子，雖然不可怕，也有些不妥的地方。

He loves music from his soul.

他從靈魂中愛音樂。

這實在是無可厚非的翻譯。不過中國人說喜歡一樣東西，從不提靈魂。中國人是說「從心底裡」。

I was still in this state of expectation.

我依然留在這種期待的狀態中。

這是什麼話呢？要是有這個意思，我們是說，「我心裡還在期待著呢」。

There are three great elemental sounds in nature.

在大自然中，有三個重大的基本聲音。

為什麼要譯 in「在……中」？「大自然」不就夠了麼？（「重大的基本」也不好，就說「基本有三個重大的聲音」好了。）

My legs shook under me.

我的腿在我下面顫抖了。

怎麼「在我下面」呢？我們只能想像自己站在樓上或講臺上，別人在顫抖，或什麼東西在動。自己的腿是永遠和自己在一起的。說「兩腿打抖」就夠了。英國人這樣說 "under me" 可以指自己的腳、腿，中國人卻不能。主張逐字直譯，一定不放過 under 這個字，有任何理由嗎？

My shoes were in a woeful condition.

我的鞋已陷入可悲的狀況。

按這句的原文並沒有 under 怎麼會「陷入」呢？這個意象用來形容鞋並不合適。「在一種可悲的狀況中」也不是辦法。我們說鞋子

「破爛得可憐」是不是不忠實？我們說，「我那雙鞋子已經**不能穿**了」、「……簡直看不得了」，都可以吧。

    in the firelight……
    爐火光中。

不太壞，但是「爐火照著」似乎好些。

    Jip（狗名）standing on his hind legs in a corner……
    吉勃用兩條後腿站在一個角上。

這一句沒有譯成「站在他的後腿上」已經了不起了；但是「在一個角上」卻不很好。我們推想，狗用後腿站著，就是我們所謂的「人立」，如果覺得這個詞太文，也可以說成「在屋角像人一樣站直……」

    in his family history
    在他家族史中……

應該是「他家族史上」。

    at his whim……
    在他的怪念之下。

這個 at 既不能譯成「在……上」，也不能譯成「在……中」，似乎只好譯成「在……下」了，是嗎？不過這又是什麼話呢？我們唯

一的辦法就只有完全不理會這個中文裡不一定用得著的字。「他的想法古怪⋯⋯」也可以了。（原譯「怪念」也有問題。）

after three years in the air force
在空軍三年後。

不是中文。中文是「在空軍服務（役）了三年」。

money spent on liquor
錢用在酒上。

不過中國人說慣了的是「喝酒花掉的錢。」

在困難情況下，
在困難狀態中，　　怎樣應付？
遇到困難（時），

都可以，不過，「遇到困難」似乎最好。

　　中文「⋯⋯之時」、「⋯⋯之後」都少用。「在你做錯事之後，他責備得很兇」，這句話我們說起來沒有這麼囉嗦。我們就說，「你做了錯事，他責備得很兇。」
　　「二十分鐘過後」這句話，我們是說「過了二十分鐘。」
　　「在倫敦，有一座教堂」，不是中文。中文是「倫敦有一座教堂」。
　　sit in a chair 雖然大多數的人把它譯成「坐在有扶手的椅子

裡」，我們還是說「坐在扶手椅子上」。

　　總之，儘量少用「在……下（上、中）」這種句法；碰到英文裡的 in, on, at, under 多想一想，不立刻就抱定一個譯法來譯。from 也不總是「從……」。

十三、形容詞副詞的位置

　　形容詞副詞的位置之所以有問題，是因爲這兩種詞似乎可以在一句中亂放，其實並不能。「翻譯研究」裡已經討論過了（頁77），現在還有些補充。

　　These are the only times they eat well.「這是他們吃得好的僅有機會。」不對。英文 only times 連在一起，所以譯者也把這兩個字的譯文連在一起，譯成「僅有機會」。中文的詞序是「這是他們唯一吃得好的機會。」（這句原來在「天翻地覆」一章裡提到，〔頁63〕；爲了便於說明，這裡稍有改動。）

　　He was the only outsider that was on the scene.「他是當時在場的唯一外人。」不對，中文是「當時唯一在場的外人」。

　　in a 2-mile radius……「在兩哩的周圍之內。」不對，中文是「在周圍兩哩之內。」

　　……paying about one quarter of the total cost of construction……「負擔大約全部建築費用的四分之一。」不對，中文是「大約負擔全部建築費用的四分之一。」

　　Livestock is generally not considered an important source of cash income.「牲畜一般並不被視爲現金收入的重要來源。」不對，中文是「一般說來，大家並不把牲畜當作重要的現金收入來源。」（「被視爲」不通，另外再討論。）

At least twice a year, the chief inspected each man for his performance.「至少每年兩次，主任檢查各人工作的成績。」不好，中文是「主任檢查各人工作的成績，每年至少兩次。」

……cut a full day's production.「減少整整一天的生產」不對，中文是「整整減少一天的產量。」

……dropped from 40 per cent to almost nil.「……已經從百分之四十降到差不多零。」不對，中文是「差不多已經從百分之四十降到零。」

……about ten miles on a gallon of gasoline.「……一加侖汽油只能跑大約十哩。」不對，中文是「一加侖汽油大約只能跑十哩。」或者「一加侖汽油只能跑十哩左右。」

He spent about one hour.「他花了大約一小時。」不對，中文是「他大約花了一小時。」

He must win at least twice a year throughout the year.「他必須贏得一年至少兩次。」不對，中文是「他一年內至少要贏兩次。」

We must find out the principal difficulties.「我們必須找出來主要的困難。」不很好，不如「我們必須把主要的困難找出來。」

Because of an uncanny ability to be popular anywhere, he……「有到處受歡迎的神奇本領，他……」不好，中文是「他本領眞了不起，到處受歡迎……」

No description I could give of her would do justice to my recollection of her, or to her entire deliverance of herself to her anger. 一個譯本譯成：「我的一切描寫都不足以表現我記憶中的她，都不足以表現她那發洩憤怒的全部態度。」「全部態度」

不是中文。另一譯本譯成：「我無法適切地表明我所記得的她的情形：怎樣把她自己完全交給了她的憤怒。」這一譯「完全交給了她的憤怒」詞位較好，但譯文也還是不能念。我要改成：「我怎樣形容她當時的神情，她怒不可遏的樣子，都達不到我記憶中的分量。」

　　例子舉不完，總之，翻譯的時候，特別要注意形容詞和副詞的位置（當然別的詞位也要注意，不過對這兩種詞要特別小心罷了，因為錯誤不容易覺察，也勉強可以懂。）念一念，如果覺得不舒服，可能詞位不對，掉換一下，看是否好些。不行再換。過些時拿出來看看，可能靈機一動，把它改好。

　　詞位錯亂並不僅僅乎是學生和中文不通的人犯的毛病，有時學者也不能免。已故董同龢先生是現代有數的語言學家，他寫的「漢語音韻學」極其精深，第一章「引論」裡有一句：

　　中國文化流布國外，中國的特別名詞在外國也有對音。可惜是我
　　們還知道得太少。

按這一句末「還知道得太少」裡的「還」字應該放在「知道得」的後面，「知道得還太少」。這個錯誤雖然不太嚴重，總是錯。我看到的這種錯例很不少，不能盡錄，因此特地提出來。

十四、謬譯舉隅

　　荒謬可笑的譯文不知有多少，那裡舉得完？我只能夠略提一二，讓譯友警戒。值得注意的是許多我認為不好的，竟然是「標準」譯文！

　　我提出的修正，只是試驗性質，讀者不一定完全同意（幾乎本書裡所有的修正都如此）；不過即使不同意，也會發見，還可以有這種譯法，進一步自己再來改得更完美一點。

　　所有不可解的譯文都是謬譯，下面舉的僅是特別挑選出來的而已。

　　譯人名不能造字。Jenny 不能譯成「珍珢」，斜玉旁是很好的，無奈中文沒有「珢」這個字。（其實既然是女子之名，就用「妮」也挺不錯了。）

　　用自己不很有把握的字來譯固有名詞，最好先查一查字典上有沒有這個字。

　　「茜」音倩，很多人拿來譯 Lucy 的 -cy——露茜，看是很好看，怎奈音不對。可怕的事是新出的字典上竟給「茜」字加了「西」的音，這一來讀對的人（露倩），反錯了！

　　for sale常給人譯成「有售」。按這是白話「有得賣」的縮成語，搖身一變，成了文言。這是很奇特的。按白話不是隨便一縮就變文言的。我看見過一位銀行家寫信，用的當然是文言文，說到他

過生日，朋友替他祝壽，他指他們「與弟開玩」，省去了「笑」字，這句中文眞成了笑話了。中文文言文寫了幾千年，那裡會連「有得賣」和「開玩笑」都沒有的？我們至少還知道有「上市」、「取笑」這種淺顯的詞語。不會寫文言也不要緊，索性寫白話好了，不必硬寫文言，尤其不能硬拿掉一個字來充數。

「使他不致跌倒」（英文大約是kept him from falling）按「使」字的後面只能用肯定的詞語，如「使他甦醒過來」，「使他振作起來」，「使人失望」等等，絕不能用否定。

one of us children……「我們之中一個孩子……」這句中文很奇怪，叫人摸不著頭腦，也引起讀者的誤會，以爲是說話的人的孩子。應該譯爲：「我們這班小孩子，其中有個……」。

in the years to come「在未來的日子裡」是什麼話？要就說「將來」，要就說「日後」。

「後者」一詞不宜濫用，「翻譯研究」裡已經說過，最近居然看見「後者們」！這是一向用慣 the latter 的英國人望塵莫及的。還看到「後者人員」，更加靑出於藍，眞正了不起！

「俯身」是用來代替「彎下腰來」的雅語。雅倒雅了，可惜不通。按中文只有「俯首」，意思是「低頭」。另有「躬身」，是表示敬意的動作。我們既然寫的是白話文，有什麼不能用「彎下腰來」的呢？

一個人因爲某個觀念（idea）的啓發而有了力量，說「從它（觀念）獲得力量」是很拗口的中文。即使用洋味十足的「這個觀念給了我力量」，也比它好些。我們看看上下文，多想一下，也許還有更好的譯文。

drink out of a cup「從杯中喝茶」，另一個「從」！中文從來不能這樣用「從」的，何況英文裡並沒有 from！這句話我們的

說法是「就著杯子喝茶」。

vivid proof came in……「從……可以獲得證明……的生動證據」又是「從」！這句譯文裡用了「證明」，又用「證據」。說「……可以確鑿證明」就夠了。「生動證據」也很硬，讀來好像肩膀上壓了重擔。我們說慣了「生動的……」，沒想到證據也能生動。

「這種東西可以用來取代化學品」。現在「代替」，已經落伍，大家都喜歡用「取代」，「取而代之」的縮寫。不過甲取代乙倒也罷了，東西能「取」而代之嗎？是人取了它來代替別的東西啊。更可怕的是「代取」，這不但惡劣，根本不通。

He is a stranger in their midst.「他是他們當中一個來自異鄉的生客。」這是句可怕的譯文。「他們當中」中文裡只能指有形的，已在「十面埋伏」裡詳述。「來自異鄉」已經譯出了 stranger 再來個「生客」就重複了。「來自」是文言，和整句白話不配，現在大家圖方便，讓「來自」也擠到白話裡去了。說「他在這夥人裡是異鄉人」還不夠嗎？

十五、斜體字（Italics)的譯法

　　英文裡加強語氣的一法是用斜體(Italics)活字把重讀的字印出來。中譯的辦法有兩個，一個在相等的字詞一旁加點，使讀者注意。另一個是用不同體的活字印出這種字來；如正文用的是宋體，這種著重的字就用仿宋體或別的體。這兩個辦法都不太理想。問題在於中英文的字未必完全相同，結果加圈點、改字體，配合不當，達不到加重語氣的目的。就像 However, she's Barkis *now* 譯文加點爲：「可是，她現在是巴基斯了」或者把「現在」二字改用另一體活字，雖然做了這樣的手腳，並表示不出原文要加強的語氣。因爲原文要表達的是：「不過現在她可是巴基斯（太太）了。」（下面還要舉別的例子來說明。）而且讀者不熟悉這個辦法，還以爲是別人加的點，表示佳句呢。再者仿宋體的大小和同一號的宋體不稱，因爲同號仿宋體稍嫌細瘦，要另鑄才行。

　　還有另用字體，事先要向讀者講明，他才知道是怎麼回事，否則還以爲是鉛字不夠，排字的人用別的字體來代替的呢。因此用文字或改變句型的方法譯英文裡用了斜體字的句子，是值得考慮的。再舉些例子如下：

I know —— *you* know！

我知道 —— 就是你也知道！

（或「……你當然也知道」或「……連你也知道」）！

She didn't
她倒不。

這個「倒」就等於英文印成的斜體了。如果把「她」印成仿宋體，讀中文的人看了，又那裡體會得出原作者的用意呢？

"Mrs. David Copperfield, I *think,*" said Miss Betsy; the emphasis referring, perhaps, to my mother's mourning weeds, and her condition.

這個 Betsy 是書中主人公的姨婆。她對書中主人公的母親說話。

　「我想不會錯，你一定是考勃菲爾家少奶奶了，」姨婆道。她那
　麼有把握，也許是看了我母親穿的是寡婦孝服和身體的狀態。

那時主人公的母親懷孕已經足月。按這一句英文的 think 印作斜體，中文如果換個字體排「猜想」這兩個字，並不能表示原文的意思，所以譯文在上文加了「不會錯」，下文「你」字底下加了「一定」來補出。

"And *she* —— how is *she*?" said my aunt sharply.
　「那麼，她呢 —— 她怎麼樣啦？」姨婆嚴屬地問道，兩個「她」
　字說得特別著力。

這一句裡的 "she" 字沒有別的辦法表達，只有加個注腳。作者寫這句原文含有滑稽的用意，原來這位姨婆認定男主角的母親一定生女孩子，才這樣著重地問。

> With a window near it, out of which our house can be seen, and *is* seen many times during the morning's service, by Peggotty, who likes to make herself as sure as she can that it's not being robbed, or is not in flames.
>
> 附近有扇窗，望出去看見我們家，早上做禮拜的時候裴格悌準要朝外看好多次，看有沒有人搶劫，有沒有火燭，總喜歡看得一清二楚。

is 不易譯出，只有加「準」、「一定」、「總」這類副詞。

> I look at my mother, but *she* pretends not to see me. I look at a boy in the aisle, and *he* makes faces at me.
>
> 我望望我母親，可是她呀，卻裝作沒有看見我。我望望過道上一個男孩，他呢，跟我扮鬼臉。

原文的 she, he 用斜體印出，譯文裡都沒有表示出來的辦法，現在點斷它，加個虛字「呀」、「呢」，以加重語氣。

> I have had a *very* pleasant evening.
>
> 今兒晚上我的確快樂極了。

譯成「我過了一個愉快的晚間」並不很切合。

　　這種例子也不必多舉，譯者遇到原文用斜體字的地方，自己要用文字表達出來。由上面的例子看來，我們想不出固定的方法來，完全要看每一句的上下文和情形，斟酌了來譯。

　　"*Has* he been hiding ever since？" I asked.

　　「他真是從那時候起，就躲起來了麼？」我問。

「真的」補出斜體字 *Has* 的意思。

　　"He had been *called* mad,"

　　「別人居然說他瘋，」

「居然」補出了斜體字 called 的意思。如果只加一句「其實未必」，也可以。

　　"……*I* am not afraid of him; *I* am not proud; *I* am ready to take care of him,……"

　　「……我可並不怕他。我也不死要臉。我不怕照應他……」

「可」、「死」、「不怕」代替句子裡三個 I 的斜體。

　　He said if I would do him the favour to come down next Saturday, and stay till Monday, he would be extremely happy. Of course, I said I *would* do him the favour……

第二句裡的 would 用了斜體，中文裡可以說「我一定……」注意

這 兩 句 裡 面 有 些 要 當 心 的 地 方 。 上 一 句 裡 的 come down
的 down 字 要 譯 爲 「 上 」 。 下一句 裡 的 do him the favour ， 不
能 譯 成 「 賞 他 的 光 」 ， 這 樣 譯 就 荒 謬 了 。 兩 點 都 在 「 量 體 裁 衣 」 裡
詳 細 提 到 了 。 （ 頁103 ）

十六、譯注

　　遇到譯文不容易明白，或者原文用典，要不要加注呢？

　　一般譯者都加注。不過原則上應該儘量少加，尤其是供消遣的作品，如小說、戲劇。注釋連篇累牘，並不值得提倡。不得已要用，也應該儘量求簡。至於遇到西方典故，爲了怕中國讀者不明白，而用中國的來替代，也不是辦法。因爲這樣一來，中國讀者雖然明白意思，卻會奇怪，外國人怎麼會知道的。英諺改爲中諺，情形比較好些，但也不太好。

　　有個辦法雖然不很「忠實」，卻也不妨一用：就是譯文夾最簡短的解釋。就如 punch 這種酒，中文有譯作「潘趣酒」的，讀者當然不知所云。原文指的是果汁、香料、茶、酒攪和的甜飲料。譯者似乎可以譯爲「加果汁的淡甜酒」。等有一天中國人喝慣了這種酒，有了定譯，就不必這樣費心了。

　　十九世紀有好幾種混合的飲料，punch 是一種，見於狄更斯小說裡的還有 egg-hot，用啤酒、雞蛋、糖、肉豆蔻製成，*David Copperfield* 第十一回裡，考勃菲爾探監回來（那時密考伯先生給關進了牢），密考伯太太就用這些原料煮了一小壺兩個人來喝，聊以慰藉。即使用說明的文字來譯這種飲料也沒有什麼不可。因爲小說到底不是法律文件，學術論文。

　　另一種酒叫 flip，是加了烈酒和糖的熱啤酒。這種飲料出現

在一句對話裡，所以不能拖泥帶水，只有再酌量加注。譯爲「熱啤
酒」，可見翻譯不能膠柱鼓瑟，隨時要看情形而定。

　　David Copperfield 第三十八回裡，提到米爾斯小姐的日記。
她記得極簡，幾乎像電報文字。而且暗中用了引文，要考證一番，
再加注釋。這是萬不得已的。詳細寫在「字典用法」一章裡。

　　最近看到把「紅樓夢」譯成英文的 David Hawkes 在第二卷
的序言裡說，他覺得小說裡的注太多讀起來就像「上著鐐銬打網
球」……reading a heavily annotated novel would seem to me
rather like trying to play tennis in chains. 他的辦法是在正文
裡略加擴充。這也是傅雷採用的方法。林以亮兄一九七九年七月七
日對香港翻譯學會會員演講，舉傅譯巴爾札克的「高老頭」（*Le
P'ere Goriot*）裡的 Madame Couture 逕譯成產科醫院，Madame
Vanquer's 逕譯成「流民習藝所」，這也是從權，最好的辦法。
不然加注，讀者看起來就辛苦了。

十七、上下四旁

—— 雜論 ——

　　這一章裡有好幾節如果蒐集到充分的例子，每一節本來可以寫成一章，但是目前我還沒有閒暇做到。希望讀者明白了要點之後，能推想到其餘。

　　翻譯不像打鐵、走索、造橋；那三行要學會了才可以幹。而翻譯卻不是如此。人人可以說自己會翻譯，其實不一定會；稍微懂一點外文，就可以覺得自己會翻譯；稍微譯過一兩本書，就可以覺得自己譯得很好，其實都不一定。一般翻譯不能達到水準，也是因爲好多譯者沒有認淸這是件相當專門的事。

　　中英文都好的，能翻譯，自己卻以爲不能；中英文都不很通的，不能翻譯，自己卻以爲能，只要買本英漢字典就行了。因此也有些譯者是不合格的。

　　翻譯的範圍和任何學術的一樣廣大，有如建築、醫學。建築師只懂普通的，基本的學理和技術，碰到專門的問題，**要交給專家去解決**。醫生遇到特別的病人也是交給專科去醫療。**譯者那裡能把莎士比亞、康德、愛因斯坦等等的著作全譯出來呢？除了文學、學術**的著作，還有廣告、連環圖畫、和法律有關的文件（提單、保險

單、公司章程）、機械使用說明書、政府文告、結婚證書、無窮無
盡；這些文件的詞語、句法各不相同，譯者如果不向別人請敎，時
常會鬧出很大的笑話。

高明的譯者並不是魔術師，他只能苦幹 —— 苦想、苦找、勤
改、比較、試驗，對自己一點也不慈悲。

自己不懂的東西，怎麼能譯成中文？有時爲了理解，要費無窮
心力和時間，要查書，向可靠的人請敎。不能亂猜。

David Copperfield 裡 Micawber 的話不可以譯成流暢可誦
的中文，因爲他的英文就是裝腔作勢的。

字在文章裡或書裡屢次出現，最難譯。在一個地方適合的在另
一個地方會不適合。要處處都適合，不知要費多少心機。此外 We
should have been at her mercy, if she had any mercy 裡的兩
個 mercy 的意思不同；at her mercy 是「在她掌握中」，「聽
她發落，擺佈」，下文的 mercy（可以不寫出，不寫出也要
譯），卻是「慈悲」。

譯者不能不老實，也不能太老實；思想最要緊。

文章有時越改越壞。本來自然的譯文，隨後看一看原文，覺得
有出入，改它一下，這一改反而不自然了。有研究的人過些時重
看，會看得出。

　　我寫過「標準檢定」一文。譯者要時時刻刻注意自己譯文的好壞。著名的廠商無不顧到這一點。難譯的句子硬譯，讀來總不像話，自己那裡有不知道的道理？

　　英漢字典和原文都不是護身符。你不能說，「字典是這樣譯的」，也不能說，「原文是這樣的。」如果有資格的批評家覺得不對，不懂，不好，總有道理；這時候就要虛心研究自己的譯文了。

　　嚴復遇到不解原文的時候，就聲明他是照字譯的。這不是翻譯，是敷衍塞責。他肯聲明，誠實可敬。有人照字直譯，還理直氣壯呢。

　　夏威夷話裡的 aloha 和關島（Guam）的 hafa adai，是寒暄、送別、祝賀通用的詞語，由此可見，別種文字複雜的、程度不同的寒暄、送別、祝賀，譯成這兩種語言，就簡單得多，也沒有特色了。我教過所謂高級翻譯，中英兩種文字都有高下的等級。

　　譯者如不揣摩說話的人的身分，把村裡兒童說的話譯成和大學教授說的一樣，這能算翻譯嗎？不過儘管英文小說對話方面相當成功，*David Copperfield* 裡寫漁家女艾姆麗的話都太合正規英文。憑這個女孩的環境和所受的教育，絕對說不出。（她雖然一心想躋身上流社會，也沒有學會這種語言的條件。）可見作者也是妥協。英國的俚鄙語言很難譯到家，也只有妥協。

　　原文裡的形容詞和副詞，如非萬不得已，切不可省略。有時兩個形容詞，中文裡可以只有一個，那是因為這一個已經兼而有之

了。如果爲了難譯而省略任何要緊的部分，都是罪過。寧可轉個
彎，多用幾個字，也要把它襯托出來。這是紀律的問題。

　　一般情形，我們的上一代不太懂翻譯，不大會翻譯，那時的英
文字典沒有現在的好；可是，我們和我們的下一代，能運用的中文
太少，受劣譯影響太深。因此大家都不是理想的譯者。

　　文言譯文大都可讀，而白話譯文不可讀的卻極多。原因是中國
人寫文言已經有兩千多年的歷史，下筆總有譜，所以不能太胡來，
而白話文歷史短，名著少，大家沒有規矩準繩，於是亂寫。現在劣
譯充斥，成了白話文的正宗，中國人想寫純粹白話文也辦不到了。
幾乎只有中文有底子，能夠辨別譯文優劣的人，或者還能寫像中文
的白話文。連有些國學大師的白話文都有劣譯的痕跡，他們不懂外
文和中文的不同。

　　譯者不會寫各種中文（如調查報告，祝賀函件、請願書、新
聞、詩詞、小說等等），於是碰到任何文件只有逐字照譯，字典上
有什麼解釋，照用就是。這是最容易的，也是死譯，譯出來很可能
是天書，沒有人能懂；即使能懂，讀起來也不像中文。不會寫中文
而翻譯，怎麼也翻譯不好。（反過來，中譯英，英文也要會寫才
行。）

　　樹必有根，根在地下，不可以說沒有。英文譯成中文，寫中文
的能力就是根。

　　大多數中國文人已經不會念中國字，不會寫中國字，也不能寫

純粹的中國文，這是要注意的。一般人主張從俗，大家怎樣寫我也怎樣寫，但是我們又從到什麼程度呢？這樣亂寫下去，後果一定不堪設想。現在研究一點中國字，中國文，還是要緊的。這兩方面譯者尤其要用心。

還有，那些文言字還可以用？白話文合乎口語要合到什麼程度？都是問題。

一般譯者整天查英漢字典，看譯文，日久中文全忘了。結果給英文字和字典上的漢文解釋牽著鼻子走，一絲主不能作。理想的譯者每天要花半天工夫讀中國書，讀翻譯沒有流行以前的書，吸收足了中文，然後碰到英文，才可以問一問自己：「這個意思中文是怎樣表達的？」

有的英文字義找不到中文翻譯，是因爲中文根本沒有這個意思。有的是一時想不起，慢慢可以想到；或者自己讀書太少，根本不知道。中文沒有的最麻煩，只有新造一個詞，不知要絞多少腦汁，造出來好不好，還沒有把握。就如 claustrophobia 字典上譯作「幽閉恐怖」，這是醫學名詞，中文從未有過，這個翻譯夠明白嗎？不一定。要等大家全知道「幽閉恐怖」是指人在關閉著的，或狹隘的地方，會有無端的恐怖，讀者才能完全明白這四個字的意思。字典上的譯文未必全能用，有時候要靠自己想。有的翻譯適用於某一文或某一上下文，但是不適用於別的。

翻譯不是創作嗎？在心靈遲鈍、精力不足的時候，拚命也譯不出的，等到神清氣爽，體力恢復了，可能輕易譯好。如果翻譯是死

工作，別人已經寫好的東西，你只要把「相等的」詞句填在紙上就行了，又何至於如此艱難？

　　翻譯是創作，至少是另一種創作，除了不要佈局，構想，一字一句，都要創作，而且很難，因爲沒有自由。作家而又懂外文的，是理想的翻譯人才。

　　譯者要想像文章裡面的情景，不能照字面死譯。若是某人託你買東西，你替他墊錢買了，卻不肯收他還的錢，那人說 Don't be silly！絕不是「別儍！」只有小孩子說無知無識的話，可以對他這樣說。此地大約是說「別瞎鬧！」「別胡來！」甚至是「這怎麼可以！」

　　能直譯就直譯。直譯出來讀者不懂或者吃不消，就譯意，改編。Come and see me tomorrow，直譯成「你明天來找我」，不會成問題。Holy cow！譯成「聖牛！」就沒有人懂，所以不如譯意「我的天！」至於複雜的長句，可參看前面第六（入虎穴）、第八（量體裁衣）等各章。

　　翻譯要忠於原文，當然對；怎麼才算忠，大家的意見就分歧了。這也是易說難行的事，因爲絕對的忠，常常無法辦到，也只是說說而已。會譯的即使譯出來的和原文稍有出入，也比死釘住原文更忠於原文。

　　太求和原文的字眼一樣，譯文會平板淺俗，難讀難明；太求像中文而把意思譯走了樣，失去原有的稜角——原文具體，譯文空

泛；原文分明，譯文含糊；都不是翻譯。但是佳譯可以兼顧，不過要絞盡腦汁罷了。

字是鋼琴上的鍵，單獨沒有作用。要跟上下文一起，才有意義。翻譯不可只顧字。何況一個字並不限定只有一個意思。一個字理想的解釋是「在這樣一句裡是什麼意思。」其實連這一點也不容易做到。有時候只有一個短句才有意思。譬如「板板六十四」裡面每一個字是什麼意思呢？要用很多字才能解釋完。這樣的一句也能譯字嗎？

譯者對原文的字，要拳打腳踢，離它十丈遠。但對原文的情意、氣勢，要形影不離。這兩點是翻譯要旨，不過要想做到，談何容易！

有人要照原文的詞類翻譯，名詞譯為名詞，動詞譯為動詞，一個不錯，一個不少。這實在是用不著的。各種文字表達某一個意思，有的用名詞，有的用動詞，未必相同，精通了兩種文字以後，就知道怎樣處理這個問題了，膠柱鼓瑟，先已經犯了大錯。

還有人說，翻譯的時候，連詞序也不能更動。這更是胡說。非更動不可的，怎麼能不更動呢？

刪也好，添也好，改也好，無非要說得過去（justified）。這個「說得過去」也大有出入，各人有各人的看法，總講得出道理來。要緊的是讀者，要讀者認為說得過去才行。

　　各民族有各民族的說話的習慣。聖經裡有阿拉美語、希伯來語、希臘語，這些古語言和別的文字的語風不盡相同。如舊英譯本（欽定本）譯的 lo（看啊），新英譯本已經刪掉了。可見這是那時人說話的習慣，並沒有多少意思。英文裡有許多話也是沒有意思的，如 you know, I mean（現在中國人也學著說了「你知道」，「我的意思是」）。這些本來是墊空的字眼，不一定要譯出的。

　　英國企鵝叢書從1944年到1964年的古典名著翻譯主持人 E. V. Rieu 是諾克斯（R. A. Knox）以外另一位重視譯文本身通順流利的人。天主教第二次大公會議的文件英譯本譯者也說明，他們重視譯文的通順流暢。我一向這樣主張，並不是自我作古。我們有時寧願犧牲一點無關緊要的所謂忠實，也要顧到文章。事實上通順流利的譯文一樣可以忠實，如影隨形。His last years were spent on a houseboat 譯為「他末年浮家泛宅」，有何不可呢？

　　翻譯要做到「化」的地步。粵語罵人「唔（不）化」最能說出劣譯的毛病。明明有現成的中文不用，而要說外國話（雖然字是中國字），不是不化是什麼？

　　Their relationship is a mixture of affection and exasperation 明明可以譯成「他們兩人恩怨難分」，卻要譯成「他們的關係是愛和惱怒的混合體」，就是不化。

　　作者為了避免重複，一個意思往往要用幾個同義字。這種地方譯者也要顧到，不可以用一個詞代替一切。蹩腳的原作者會犯用字

重複的毛病，譯者可以改好它，也可以不改，這要看各人的脾氣。但原文有變化，譯文卻不可以沒有。

　　譯者不懂平仄，不懂文字的排比、呼應；當用文言而用了白話，當用白話而用了文言（現在一般的譯者是那個方便用那個，管它配不配，合不合呢）；當用單字詞（從前叫單音詞）而硬湊成雙字詞，當用雙字詞而只記得單字詞；當簡而繁，當繁而簡；當俚而雅，當雅而俚：怎麼可以勝任呢？
　　上面的毛病是該由國文教師去治的。

　　法案要三讀通過，譯文不可以三讀才明白。讀者沒有反芻的胃；他只能一讀就明白，要吃下去就能消化。

　　名詞難譯，因為名詞往往就是學問，如 trinity 神學家都講不清楚。名詞用字又要簡短，因為一篇文章裡這個詞可能一再用到。（有時還有一段典故，如「月老」。）字少了不達意，字多了不像話。

　　形容詞難譯，因為很多形容詞本有意象，這個意象不是三言兩語可以描繪出來的，如 emerald 艷綠色，本是由那種色的玉轉來，不知道這種玉色，就不知道是什麼顏色。而且形容的分量有輕重，多了少了都不行。再還有英文解形容詞，會說 of, or pertaining to……, something……，中文就要找適當的字眼了。

　　動詞難譯，因為動作的用意不一定相同，如中國人的作揖，西方人的親頰等等。至於觀念不同，難以譯得明白，就更不用說了。

　　有人翻譯，有一套偷懶，不思想的習慣，這種人越翻越壞，因此他們的毛病，初學的人反而沒有。不用心譯，譯得再多也沒有用。孔子說的「學而不思則罔」譯者應該時刻放在心裡。

　　然而譯得太少，沒有見過陣仗，憑什麼理論，以為翻譯應該怎樣怎樣，其實並沒有搔著癢處。這是「思而不學則殆」。

　　每個時代總有兩種人：純粹派（purists）和進步分子。其實那一派也不能走極端。純粹派最後也要讓步；進步分子等到年紀大些，看見年輕的人亂用字，亂寫文章，也會嘆氣，希望他們守些規矩。譯者接觸外文，能保存中文的純粹總是好事；他如果把中文寫成外文，害處就不堪設想了。

　　有些譯文並非不好，而是缺少編輯工夫。（「翻譯研究」裡有專講編輯的「改編」，又當別論。）編輯總為讀者設想，把句子裡的詞序更動，詞類改變，刪繁去冗，補出譯文裡少不了的，等等。
　　譯者應該多為讀者設想。

　　翻譯還是釋義（paraphrase），大有分別。通常翻譯不該是釋義。只有原文實在難譯，偶一釋義，還情有可原。現在的問題是界限：到底怎樣才算無法翻譯，這一點可能言人人殊。
　　釋義越少，越見翻譯的功夫。

　　一流作家的文章交給九流作家去譯，怎麼譯得出？三流作家的文章交給一流作家去譯，譯文當然比原文好。這是作踐譯者，他要受許多委屈。譯者和作者的文學功力絕不會相等，不是譯者虧負了

作者，就是作者虧負了譯者。多數是譯者虧負作者。

原文不一定十全十美，尤其是近代沒有在文學上下過功夫的英文作者，英文寫得草率。

譯者讀原文，小心的地方超過剛才說的這種原作者。這也是理所當然的。很多作者口述錄音，再由別人打出來；或者自己打字，打好就寄出去了。而譯者卻要一字不放鬆地看，難的地方看了又看。因此譯文不得不改好一點，只有便宜了原作者。

譯文簡潔總是好的，但一味求簡，弄得意思不明白，文氣不順，反而是大病。

劣譯用的字詞，未必都劣；不相稱就劣，濫用就劣。「一種」，「那個」並不是絕對不可用，但中文用得極有限，相等的英文 a, the 卻用得多；因此這類字在中文裡用得多，中文就差了。還有文言，俗語夾在白話裡，俗語夾在文言裡，都不應該，要修改。不知道這些關鍵的人，和他辯也沒用。

譯文之所以需要一改再改，就是為了這些看起來好像不大要緊，其實大有關係的地方。

文法不可不懂，但不讀中西文書籍而專在文法上下功夫，也沒有用處。要多讀書而又研究文法。

文法與用法不同。習慣用法更兇，有時不合文法而更合乎習

慣，誰也不能指責。**有人指出**「出乎意料之外」爲不通，認爲「出乎意料」已經夠了。不過蘇東坡就寫過「出乎意料之外」的句子。那麼，這樣寫是有根據的了。我們雖然說「走出大門」，不也常說「走出門外」嗎？

　　翻譯要看目的。有人請你譯一段文字，只求大意，你告訴他大意就是了。法律文字，責任重大，不必求其文筆流暢，用詞典雅，譯得死一點也不妨。誰管你在文章上下多少功夫？你可要立於不敗之地。文藝文字，連聲音都要注意，風格最要緊，不是高手，萬難譯得令人滿意。科學文章最要譯得準確眞實，一絲不能有出入。商業廣告要有無窮的吸引力，把它全部重寫，也沒有關係。

　　譯者是何等人？我已經寫過了一篇文章，附錄在本書後面。譯者是苦命人（poor creatures）。作者寫書的時候，那裡會替譯者設想。他玩文字的花巧，暗中用典，一語雙關，不是用雙聲，就是用疊韻，你去翻譯吧。困難是你的事。其實，他也無法替世界各國的譯者設想。有時候就像別人燒了一碟菜，你要分析他用的什麼料子和調味品，仿製一碟。做出來吃的人可以批評，說味道不對。譯者要做好多事情都是別人絕對沒有理由要求他做的。

　　只有現在寫中文的人，替英美譯漢文的人用盡了心──把他們寫的中文譯成英文，往往太省事了。（當然也有亂寫，沒法翻譯的。）

　　誰的中文也不會夠用，誰的英文也沒有完全懂。但翻譯技巧則人人可以學會。

　　任何人一動起手來把外文譯成中文，就會發見自己的中文太不夠用。有時明明懂得原文意思，就是譯來不像話，沒有適當的中文表達。

　　你想譯得高明，只有跟自己學。先把中文寫通，無論什麼意思大致可以表達；讀懂英文，能利用參考書。然後多用心譯，多改、多試、多想、多留心。不要以為自己已經刮刮叫了。凡是一流譯者，都是時時覺得一籌莫展，改得辛勤的人。

　　每次翻譯，都要當它是英漢對照才行。即使不對照，別人也能找到原文來查核，指出譯錯的地方，厲害的人看到譯得不對的地方，不看原文也猜得出原文是什麼。有時候譯文本身已經露出錯誤，不用看原文也可以覺察。譯者總要站穩自己的腳步。

　　美國有種餐館，只賣有限的幾樣菜就營業了，如麥當奴。可是翻譯的人倘若能用的字極少，要應付萬種情況，卻絕對不行。

　　我教翻譯，發見百分之五十的時間花在教中文方面。（某一位朋友教中譯英，也有同感──他大部分時間花來教英文。）另外有百分之四十的時間花在解釋英文方面。只賸下百分之十的時間教翻譯的技巧，而這個百分之十還有一大部分時間教人守紀律，如核對數目，不要漏字，不要把原文沒有的意思加進去，等等。

　　字典要多查，多查幾本；但是光靠字典翻譯，絕對譯不好。

第 二 分

十八、被動語態

「翻譯研究」裡講過了關於「被動」的要點（p. 96-98），還有一些要補充的。

「獲釋」裡的「獲」字也是表示被動語態的助動詞，現在的人譯到 The prisoner was released yesterday，會說「該囚犯昨天已被釋放」，未免死硬。如果嫌「獲釋」是文言，就可以說「囚犯昨天已經釋放了。」（口語也可以說「……已經放出來了」）。

「膺選（為議員）」也是被動語態。相等的白話是「當選為議員」He has been elected a councillor 不必譯成「他被選為地方議會議員」。

was murdered, killed「遇害」是被動，就是「被害」的意思。還有 "……was buried" 不一定譯成「被埋葬」，中國話是「下葬」。He was buried on the third day. 可譯為「他（是）第三天下葬（的）」。

He is regarded as one of the greatest wrestlers in the world. 不一定譯成「他被視為全世界最偉大的摔角者之一。」就說「他算是全世界少有的摔角好手」也可以了。同樣，considered an adult 不一定譯成「被認為成年（人）」。我們是說「算成人了」。

「幹這一行他算是數一數二的了。」是另一句不用被字的被動

語態。

　　I was shown up to a room「我被領到樓上一間房裡，」也可以。如果改成「有人領我……」就比較更像中國人說的話。

　　有些被動語態不用「被」字也看得出來。「將予保留」就是「將被保留」。「不予通過」也是被動，就是說「不讓這議案被通過」。試比較「不通過這條議案」，這個主動句裡就插不進「予」字，有了「予」字就是被動了。所以「予以通過」，就等於「把它通過」，「讓它通過」。

　　譯被動語態的句子，有時候會漏去主詞。Infinite pains have been taken to perfect the college's courses. 有人譯成：「大學的課程曾不遺餘力地加以改進。」誰加以改進呢？這當然要補出，如果補不出，只有改譯：「爲了把大學課程改得完善，不知道花了人多少心血。」還有 If this creates an emergency, equipment will be brought in to pump the water direct from the river into the canal……這一句有人會譯成：「若因此而造成了緊急情況，就要搬來一些抽水的設備，將水直接從河裡抽入水圳……」誰搬？

　　我時常說，照中文文法，不是每句都要有主詞的。不過這卻不能一概而論。中文如果前面有個主詞是人，下句主詞如果還是這個人，就不用再寫他出來。不過上面這一句裡「搬來一些抽水設備」英文用被動語態，沒有交代出是誰搬來，就不要緊；中文也不交代，就不通了。我想這一句要改成「如果缺水的情形很嚴重，村人就要……」一般譯者匆忙，不會想這麼多。

　　The other villagers from the village who had surrendered or been taken as prisoners while working in Japan labor groups were returned to Taiwan in ships.

這一句譯成

> 其他村民在戰時被徵往日本參加勞工隊的，**於投降或被俘後**，也
> 都用船隻遣送回臺灣。

這一句譯文沒有交代誰遣送？因為全句的主詞是「其他村民」。他
們能「遣送」嗎？原文是被動語態，當然不成問題。譯者因為上面
用了「被」（徵），此地就省了「被」（用船隻遣送）。可見這個
「被」字是省不得的。這樣寫法，中文當然不佳，最好改寫成
「……也都經日本政府用船隻……」

　　譯被動語態極大的危險之一是行事的人不明。

　　「受到保護」（protected）「受人之託」（entrusted）都是
被動。所以被動的句子裡不一定有「被」字。

　　「淪為」可以用來翻譯被動，「他已經淪為乞丐」等於英文說
He has been reduced to begging.

　　The drums began to beat，這其實是被動，但在英文裡是主
動。我們當然不用譯成「鼓開始被打」，該說「鼓打起來了」。中
國本有「鼓打三更」的說法。

　　The boy was reported lost. 譯者會譯成「這男孩被報告失
踪」，不過我們還是用現在的「據報失踪」好。

　　「奉派」（appointed）「奉使」（to be sent on a mission）
是被動，不必用「被」。

　　「奉召」也是被動，就是被上面的人叫去。

　　英文 under government control, 並不是被動語態，但譯成

中文會變成「被政府管制」；可以改成「政府管制的」。

　　中文還有「吃」字，是表示被動的。「水滸」第二十四回：
「武松吃他看不過，只低了頭，不恁麼理會。」這個「吃」就是
「被」的意思。

十九、中文語法和用法

　　我在「翻譯研究」裡一再提中文的寫作，談到中文的語法和用法，說明此舉是萬不得已的事。因爲現在的中文給劣譯和不讀中國書的人亂寫，積非成是，我們幾乎已經不知道中國話該怎麼說，中文該怎麼寫了；而譯者外文放在眼前，把他繩綑索縛，一動筆就有問題。我也陸續寫了些文章，討論這些問題，現在還有些補充。我本有意仿英國浮勒弟兄（H.W. and F.G. Fowler）的「標準英文」（*The King's English*）和「現代英文用法」（*Modern English Usage*），寫「標準中文」和「現代中文用法」，友人也勸過我著手，不過這件事不容易，目前也沒有時間。

　　下面是目前能夠提到的。

一、語法

　　一般語法書上說「的」用在形容詞後面；「地」用在副詞後面，我以前提過，又蒐集過幾個例子，shoots like a bullet 的譯文「會像子彈似的（地？）洞穿……」是形容詞呢，還是副詞？「像子彈」當然是「的」；但是如果狀的是「洞穿」就該「地」了。還有

　　　　受到明顯的（地）波及

　　　　像特別快車似的（地）向前衝
　　　　一個大道士髻梳得烏光水滑的（地）

　　其實「像子彈似的」可以子彈爲主；「受到波及」裡的「波及」是名詞，當然都只有用「的」；「道士髻」要用「的」，不過這句寫到「烏光水滑」就夠了，不必再用「的」字。

　　中國的動詞也有自動（intransitive）、他動（transitive）之別。「中斷」是自動詞，用於「接濟已經中斷」；所以寫「中斷了他的接濟」就錯了。如果是他動、刪去「中」字，寫成「斷了他的接濟」就行了。「打斷」是他動詞，如「打斷他的妄想」。現在的人似乎不注意這方面的分別。

　　「出現」和「現出」用的時候有分別：「一道亮光出現（不是「現出」）了」，「他臉上現出（不是「出現」）了喜悅」。我們可以說「出現」是自動詞，可是不能說「現出」是他動詞，雖然看起來很像。原來「他臉上」並不是主詞；主詞是「喜悅」。這一句文法上的結構是：「喜悅現出在他臉上」，不過如果這樣寫，我們就會寫成：「喜悅出現（不是「現出」）在他臉上」；問題在這一句並不是很好的中文，通順的中文還是「他臉上現出了喜悅」。我們就當「現出」是「準他動詞」（quasitransitive verb）吧。

　　不知從什麼時候起，我們忘記中文還有「把」字。我們不說「理齊她頭髮、抹乾她眼睛、打扮她整齊」；我們說慣了「把她頭髮理齊、眼睛抹乾、打扮整齊」。這個「把」字妙用無窮，並非難用，卻被外文消滅了。

　　「起來」一定有動作，介紹靜止中有了新的狀態或情況，如「振作起來」，「高興起來」。「下來」指某一情況變成靜止，如「大家靜默下來」。有人不很分得淸。

　　「變得」下接形容詞，「變得窩囊」；「變成」下接名詞「變

成廢物」。用錯了就念不下去了。

　　「引起」下接名詞，「引起對方的仇恨」；「引得」下接動詞，「引得他大發牢騷」。有人分不清。

　　不知從那一天起，我們大用「歷來」，不管通不通。像「一支歷來最強大的軍隊」的短句就很特別，好像夜裡著了涼，早上起來頸子不能扭動了一樣的不自然。我們是說，「有史以來最……」或者說，「從來沒有見過的強大的軍隊」。我看到的現在人用的「歷來」十處有九處不對。英文大約是 "ever……-est"，按「歷來」的意思是「從來」、「一向」，管的是下面的動詞，如「男人歷來就喜歡欺負女人」。下面如果接個形容詞就滑稽了。

二、中文修詞

　　他動詞和賓語要像夫妻一樣配合才行。我們不能說「撲滅販毒」，只能說「禁絕販毒」。「撲滅毒販」是可以的。「撲滅」是動詞，下面只能接名詞；「販」（毒）是動詞。「毒販」就是名詞了。

　　文言白話的分別總在人心中，雖然有時配合得好，倒也還不錯。「小時（hour）」口語裡不大用，因此「四個小時」就不很調和，因為「個」是白話裡才用的。我們只能說「四個鐘頭」。「鐘頭」是口語。淺顯文言說「四小時」，沒有「個」。

　　成語有的可以顛倒活用，有的不能。「小巫見大巫」是成語，「大巫見小巫」就是胡說了。

　　「大」的對面不一定就是「小」，「大量」的對面是「少量」。

　　現在的人常說起某男子是某婦人的第一任丈夫。這是個什麼

「任」呢？我們說某人是美國第幾任總統，因為他上「任」、下「任」、有他的職「任」。做丈夫也好上「任」、下「任」嗎？有「職任」嗎？這都是不思想的人亂寫的。中文既然有「初婚」這個短語，似乎可以用「第……婚」，如說「老張是她第二婚的丈夫」。

　　「最最」是口語，文章裡不可用。「這種作風是最最要不得的」，說說倒也罷了，寫在文章裡像什麼話？

　　成語有不能改的，如「胡作非爲」，最好不要寫成「胡作胡爲」。

　　「設立學校」不可用「建立學校」。

　　「絲毫」只用於否定語裡，如「絲毫沒有把他放在眼裡」。不能說：「他要肯絲毫用功就好了」。

　　「機會少」呢，還是「小」？現在「少」、「小」的用法有些亂，有時把我們弄糊塗了。我們如果當機會是一個一個的，當然用「少」，譬如失掉一個機會，不知幾時才又撞到第二個，這就指個數。但有時指機會的或然性（probability），就只能用「小」了。如果嫌「小」字不好，就改爲「少」也可以。

　　究竟是「一條街口」，還是「一個街口」？就「街」字來說是「條」，就「口」字來說是「個」。也許毛病卻出在「一」字上，單用「街口」就什麼問題也沒有了。

　　現在有一派作家和譯者不喜歡口語裡的某些動詞、名詞，以爲太俗，結果是越改越糟，我以前已經提過了（「翻譯研究」頁113）。現在又發見了一些例子。

　　「睡覺」有人嫌太俗，改爲「入睡」。殊不知這兩個詞意思不完全相同。「睡覺」是持續的，一睡可以睡十來個鐘頭；「入睡」是由醒到睡著的短暫過程，也指睡著了。「睡」和「睡覺」用起來

也有點分別。一睡固然可到睡十來個鐘頭,但是我們卻不能說「一睡覺睡了十來個鐘頭」只能說「一睡(或「一覺」)睡了……」。

「口袋」也太俗,用什麼呢,用「衣袋」。無奈中文沒有這個詞。(中文只有「衣帶」,「衣帶漸寬終不悔」,見柳永「蝶戀花」詞,不過意思不同。)

「梳子」太俗,要改用「髮梳」,只是中文沒有這個詞。中文只有「髮網」那是婦女用的。上海話有「木梳」,恐怕別處的人不用。

我的意思,睡覺、口袋、梳子,沒有什麼俗不俗,而且是白話裡唯一的詞,沒有法子換別的,就將就用一用吧。另造新詞,又容易引起誤會(如「入睡」),又很生。

二十、代名詞

「翻譯研究」裡，曾詳細提到代名詞。我近年來陸續發見了一些別的要注意的事，現在提出來討論。

……I felt that in the very difference between them, in the self–denial of her pure soul and the sordid baseness of his, the greatest danger lay.

這一句裡的 her 和 his 字音不同，拼法不同，無論是聽也好，讀也好，涇渭分明。可是譯成了中文，不但聲音相同，就是字形，相差也有限，叫聽的人，甚至讀的人，不知道是指誰。譯者要避免淆亂聽聞，切忌用「她的」、「他的」來譯這兩個代名詞。不要譯「我覺得最大的危險便在他們中間的不同上，在她那純潔靈魂的無我和他那卑污靈魂的自私上。」可以譯成：

> 我覺得他們真正不同的地方，娥妮絲呢（提到的女子是
> Agnes），靈魂純潔，崇尚克己，而猶拉阿（男子是Uriah）
> 呢，卑鄙無恥，這裡面正隱藏著最大的危險。

She sank down gently at the doctor's feet, though he did

his utmost to prevent her, and said looking up, tearfully,
into his face.

她緩緩倒在博士腳面前，儘管博士竭力阻止她也不行。她滿面流
淚，仰起頭來望著博士的臉說，──

這一句和上一句彷彿，「她」、「他」、「他的」、「她的」、
「他的」，叫人聽來不知道指的是誰，只有把男的身分寫出來，才
分得清眉目。

中文用代名詞少，不是文字落後，實在有不得已的苦衷。隨便
看一段小說就可以找到例子，紅樓夢第十五回：

一宿無話，至次日一早，便有賈母王夫人打發了人來看寶玉，又
命多穿兩件衣服，無事寧可回去。寶玉那裡肯回去，又有秦鐘戀
著智能，調唆寶玉求鳳姐再住一天。鳳姐想了一想……

這段文字裡「寶玉」、「鳳姐」兩次出現，第二次都可以用代名詞
而不用，因爲只有重用人名，文義才能明白。除非徹底改變中文的
聲音，字形，這種比較累贅的寫法，一定要維持下去，妄談文字改
革，並不是進步。

She looked very steadfastly at Mr. Peggotty when he stood
before her, and he looked quite as steadfastly at her.

裴格悌大爺站在她面前，她全神望著裴格悌大爺，裴格悌大爺也
同樣全神望著她。

如果這句裡的兩個 he 都照樣用代名詞，聽的人就弄不清指的是

誰了。

> "A proud fool!" said my aunt. "Because his brother was
> a little eccentric－though he is not half so eccentric as a
> good many people－he didn't like to have him visible about
> his house, and sent him away to some private asylum place;
> though he had been left to his particular care by their
> deceased father, who thought him almost a natural……"

「他哥哥是個驕傲的蠢東西！」姨婆說。「因爲狄克先生有點
怪——其實他沒有好多人一半怪 —— 所以他哥哥不喜歡他在家裡
給人看到，就把他送到私人開的瘋人院去，他們去世的父親幾乎
當狄克先生是白癡，關照他哥哥特別照應他呢。」

這一句上文說到 his own brother，這個 proud fool 指的就是那
brother，但是當中隔了一小段，所以譯文的讀者不容易知道是
誰，要補出「他哥哥」來。但是下面接著的 his brother 則是指
Mr. Dick，爲了避免混淆，譯文就用「狄克先生」。下面接連兩個
代名詞 he, him 爲了分清，he 改成「他哥哥」。下面又是 he,
his, him，爲了分清，又把 his 改爲「他哥哥」，him 改爲「狄
克先生」。

> But when she began to look about her, and to speak to me,
> he nodded his head and grinned several times.

不過裴格悌漸漸向四周圍看看，也跟我說話了，巴基斯點點頭，
咧開嘴笑了幾次。

這一句裡的 she 和 he 都要用人名，因為左一個「她」，右一個「他」，讀者聽了，看了，摸不著頭腦。還是用人名的清楚。

He laid his head upon her shoulder, as if he were oppressed with heavy shame, and went out with her.

威克菲爾先生好像給沉重的羞愧壓迫著一樣，頭枕在她肩膀上，跟她出去了。

補出人名的原因和上一句的一樣，是免得讀者給「他」、「她」攪胡塗了。

As I think of them going up and down before their school-room windows—the Doctor reading with his complacent smile, an occasional flourish of the manuscript, or grave motion of his head; and Mr. Dick listening, enchained by interest, with his poor wits calmly wandering, God knows where, upon the wings of hard words—I think of it as one of the pleasantest things in a quiet way, that I have ever seen. I feel as if they might go walking to and fro for ever, and the world might somehow be the better for it—as if a thousand things it makes a noise about were not one-half so good for it, or me.

我一想到他們在課室窗口走來走去——博士得意含笑讀他的字典，偶爾揮舞一下原稿，或者把頭莊嚴地扭一扭；狄克先生就聽著，全神貫注，天知道他有限的理解力遇到那些難字，能懂多少——就當它是我有生以來看到的，少有不顯眼的趣事。覺得這

兩位可以永遠這樣走下去，不知怎麼地，世界的情況作與會因此
改善——好像世上的人當作了不起的千件大事對他們、對我都沒
有這件事一半有益似的。

這樣長的一段，無非想說明，末句的 they 因為隔開上文的 the
Doctor 和 Mr. Dick 太遠，不宜譯成「他們」，所以要用「這兩
位」。

"Well, he wasn't there at all," said Mr. Dick, "until he
came up behind her and whispered. Then she turned round
and fainted, and I stood still and looked at him, and he
walked away; but that he should have been hiding ever
since (in the ground or somewhere) is the most extraor-
dinary thing!"

「啊，他根本不在那裡，」狄克先生說，「後來才到你姨婆背
後，低聲說話。然後你姨婆轉過身來，暈了過去，我呆住了，站
著望著那男人，他去了。不過從那個時候起，他一定躲起來了
（在地底下，或者什麼地方），這是最離奇的事！」

上面句子裡的代名詞 her, she, him, 都用所代的人稱謂來譯。下
面隔了一句 "Has he been hiding ever since?" I asked 還有一
句：

"To be sure he has," retorted Mr. Dick, nodding his head
gravely. "Never came out until last night. we were walking
last night, and he came up behind her again, and I knew

him again."

「當然躲起來了，」狄克先生認真點頭答。「從來沒有出現過，
不過昨天晚上又看見他了。我們昨天晚上在散步，他又跑到你姨
婆背後，我又知道是他了。」

句末一個 her 爲「你姨婆」，也是爲了避免讀者聽了好幾個ㄊㄚ
（tā），弄不清楚是誰。

There was no hurry, he said－a week hence would do; and
his mother hospitably said the same. While we were
talking, he more than once called me Daisy, which
brought Miss Dartle out again.

他說，不用急 ── 過一個星期再說。他母親也懇懇地這樣說。我
們談話的時候，司棣福叫了我好幾次「小菊花」，這又逗出苣忒
爾小姐的話來了。

後半句裡的「司棣福」原文裡是 he；改爲人名是因爲剛剛提到
「他母親」，再用「他」和「她」很容易混淆；英文裡的 he 和
she 卻是絕對分明的。

　　下面這句的代名詞要換人名：

He made a short pause. Her eyes wandered restlessly over
the distant prospect, and she bit her nether lip to stop that
busy mouth.

這個 Her 指 Miss Dartle.

> 他稍微頓了一下。這時筧忒爾小姐的眼睛煩躁地向遠處東望望，
> 西瞧瞧，一面咬住下嘴唇，免得那張愛管閒事的嘴多話。

這句裡的 Her 如果照字照字面譯成「她的」就跟上面的「他」相
混。最好用人名。

中譯裡有時也可以加代名詞。如

> "Is there time for golf ?"
> 「你（我們）還有打高爾夫的時間嗎？」

這樣一句，中文裡大多數情況有「人」在前面。

英文一篇文章裡述某人的父母，可以用許多 he, she,-
his, her（hers）, him，一點也不含糊。可是中文裡卻不能照用
許多「他」、「她」、「他的」、「她的」最好的辦法是用「他父
親」、「他母親」。有時表示恭敬，還要用「他老太爺」、「他老
太太」。

擬人化（personification）的 he, she 中文裡還是「它」或
「牠」。親密地稱呼貓狗的「他」、「她」，中文裡也還是
「牠」。

英文提到夫婦，可以稱 they，中文不大可以。中文稱「這對
夫婦」、「他們倆」、「兩夫婦」、「兩口子」、「老兩口」、
「小兩口」，文言就用「夫婦」。客氣話是「他們伉儷」。

英文多用人名，代名詞指人，中文卻多用關係或身分。如文言
裡用「翁」、「媼」、「女」、「婦」、「伯」、「叔」、

「姪」、「公」、「公子」、「客」等，其實只要有一句主詞是「公」，（或者別的上面列舉的字）以下各句的主詞不言而喻，就全省了。白話文用得多些，也是有了譯文以後才有的現象。

　　有時候「它」可以改用「這」，或者不用都可以。

　　They 指東西，抽象名詞等等，有時可用「這些」來代，比「它們」好得多。譬如上文提到許多辦法，英文接著說 They all won't work. 中文可用「這些都行不通。」不必說「它們都不可行。」

二十一、履夷防險

── 忌望文生義 ──

甲、害人的字

衡量譯者的高下有一個最可靠的尺度：他能不能打破字的桎梏。

本書所要講的，幾乎就是怎樣打破字的桎梏。不過這一章談的是比較特殊的字，和一般字不同。這些字看起來是一個意思，其實不是。我們如果不小心，就會鬧笑話。

area bell 不是「地區鈴」，而是「地下室門鈴」。

Then Martha arose, and gathering her shawl about her, covering her face with it, and weeping aloud, went slowly to the door. 我見到的兩個譯本都把 aloud 譯為「大聲（哭著）」，「高聲（哭泣著）」，而這個字有個解釋是 louder than a whisper（Heritage）; in a voice that can be heard（Longman）

另一個解釋是 in a loud voice. 現在要決定那一個解釋是用

*聖經創世紀第四十五章第二句，欽定本 "……he wept aloud" 耶路撒冷本 "……but he wept so loudly" 是古義，那是大放悲聲。

來形容 weep 的。weep 這個字現代的意思是「流淚」，就是「泣」，（無聲出涕＊），因此只能跟第一個解釋配合；如果是 cry，那麼就一定是「大聲」了。而且照情節看，也不會是大聲哭，只是傷心感動而落淚，不過聽得到她呼吸有涕罷了。

還有 "Better there than here," said a third voice aloud ……這一句裡的 aloud 也不是大聲，因為如果是大聲，就不會是 said 而是 cried 了。這個字我所看到的兩個譯法，一個是「高聲」，不對，一個是「響了起來」，比較好。英國人為什麼把 aloud 當作「可聽見」解，是他們的事，我們不能干預，他們這樣解就是這個意思了。這一句可以譯為：「『那裡比這裡好，』第三個人的聲音給我們聽到了。」

Stroking his chin 裡的 stroking 和 striking（打擊）相混，其實另有意思。strike 的名詞是 stroke，不過 stroke 作他動詞的意思卻是「用手撫摸」。

Little wife 不是「小妻」，已經在「切斷」（p.77）裡提到。「小妻」中文裡是「妾」，原文裡只是指「纖細」。

"David had bought an annuity for himself with his money, I know," said she by-and-by 這句裡的 annuity，不是一般字典裡所解的「年金」，而是 *S.O.D.* 裡指的 an investment of money, entitling the investor to receive a series of equal annual payments, made up of both principal and interest……（按年攤還同等數額本息的投資）。

wild goose 和 blue goose 都不是「鵝」，是「雁」，大家都知道吧。

神助人的 help 不是「幫助」是「佑」。

Kettle holder 叫人以為是放 kettle（水壺）的架子，其實不

是。我見到的兩個譯本都這樣譯，不知道這個 holder 是 a thick protective cloth pad for grapping hot utensils （*W.T.N.I.D.*）照這個解該譯爲「水壺柄的護手布」。這個解一般字典上沒有。我一直說翻譯要用大型字典，這是一證。不過最近出版的 *Longman Dictionary of Contemporary English* "holder" 條下有這個解釋。

　　Rose–leaves 不是「玫瑰花」，而是「玫瑰花瓣」。

　　Don't tell me! 我見到的兩個譯法：「不用告訴我！」，和「不要對我這麼說！」這句是什麼意思呢？*S.O.D.* tell 字下面的 phrases 裡有一個是 Never tell me, don't tell me, 表示 incredulity or impatience.。照這個解釋，就要譯爲「那有的話！」「不是吧！」了。一般英漢字典上也有這一個短語，譯爲「不至於吧！」「不見得吧！」也好些。我們的毛病是不去查這種常見的字，其實這種字問題多得很。

　　My poor father 不是「我可憐的（父親）」是「去世的（父親）」，就是「先（父）」。

　　bear's grease 不是「熊脂」，是「髮油」。

　　jungle fever 不是「叢林熱」，是「厲害的瘧疾」。

　　kitchen stuff 一定是「廚房用具」了吧，不是！是指 requisites for the kitchen, as vegitables, etc. (*S.O.D.*)；那麼就是蔬菜等等廚房裡的必備品了。還有個解是 refuse of kitchen, dripping（肉上滴下的油），etc. 那就是「廚房裡的廢物了」，按上文有 rags, bones, 這裡當然是指廢物。

　　swear 不一定都是發誓罵人，也指「斷言」、「矢言」。

　　gold paper 不是「金紙」是「金箔」。

　　picture window 並沒有 picture。照 *W.T.N.I.D.* 的解釋，

是 An outsized window （as in a living room） placed to frame or as if to frame a desirable exterior view and often between two narrower windows 中文建築學詞典譯爲「陳畫窗」並不能達意，徒然叫人猜疑而已。我想譯爲「覽勝窗」，或者好一點吧。

a helicopter hovered 裡的 hover 不能用字典裡解釋「翱翔」，飛的樣子。*W.T.N.I.D.* 裡本有 remain floating or suspended about or over a place or object（在某處或某物上空浮動或懸浮或盤旋不去）解，例如 clouds of smoke hovered over the building（……罩著煙霧）。又指飛鳥、某種飛機 to maintain altitude without forward motion（停在空中不動）解。

hill station 不是「山上的站」；是印度等地位於山中或低矮山脊，供避暑之用的村莊，或政府所有的這種所在。

land bridge 不是「陸橋」，是「長堤」。

bowed 譯爲點頭、鞠躬、下跪都可以，但是如果說話的人坐著，又怎麼鞠躬下跪呢？

the history of neglect ended in……裡的 history 不是「歷史」，是「景況」（按這一句上面指的是名勝。）

hare and hounds 看起來像是一群獵犬追兔，其實是撒紙遊戲。

乙、騙人的字

翻譯是消化，逐字譯，即使沒有譯錯，也沒有消化。譯句比譯字好。雖然如此，字義還是要顧到的。

字義往往會騙我們，引我們誤入歧途，連最小心的人也要特別

小心。

　　英文的 new，誰都知道意思是「新」，不過常會引起誤會。his new hotel 的新，至少有兩個意思：一、他新開張的旅館（如果他是經營旅館的，已經開了一所或幾所），二、他新搬去住的旅館（如果他在某地做客，本來住在某一所旅館裡）。所以中文的「他的新旅館」就嫌含糊，要加說明，「他新開張的」，或「新搬去住的」。

　　同樣，my new doctor 不能譯為「我的新醫生」，要改為「新換的」；my new girl friend 也不能譯為「我的新女朋友」。要改為「新結識的」。

　　林太乙女士告訴我，He tried to argue with her 含有「沒有結果」的意思。這是字面上看不到，而含在 tried 這個字裡面的。

　　I tried to aim my pistol at him「我試行把我的手鎗向他瞄準」，錯了。「瞄」字已經有「試」的意思，怎麼能再「試」呢？

One of the most handsome men

The most handsome man ever breathed

The most handsome man I have ever known

這種短句都是加強語氣說法，未必符合事實、經過考證，所以不必照字面譯。只要想中國加強語氣用什麼方法，揀來用就行了。拘泥字面意義，一定生硬。不過中國人贊美男子的話也不是可以隨便拿來就用的，說外國人「貌比潘安」、「面如冠玉」，就是笑話。「紅樓夢」裡描敍寶玉「面如敷粉、唇若施脂」，寫秦鐘「形容標致、舉止溫柔」，更不能照抄。現在的男子美不能有女氣。

　　我們不妨換別的說法，譬如「這樣漂亮的男子少有」，「我從來沒有見過這樣漂亮的男子」，「這個男子相貌好看得不得了」等等。

　　bank cashiers 一看叫人以為是銀行出納員，而且 cashier 在字典上也明明有「出納員」的解釋。不過一篇文章裡，bank cashiers 和別種人並列，有 doctors, lawyers, executives 等等，叫人覺得「出納員」跟他們不配合。這點起碼的聰明是非常之有用的。如果這篇文章是美國人寫的，再查一查美國字典，就會發見原來這個 cashier 在銀行或工商業機構裡是內部負責財務的主管人員，地位很高，可以譯為「財務經理」、「財務專員」所以可以跟醫生、律師、其他主管人員並稱。

　　抱定一字一義，沒有不碰壁的。

　　軍校的 teacher 不是「教師」，是「教官」。

　　clerk 在銀行裡是「小行員」，但是在法庭或立法機關裡卻是相當重要的人物，他管檔案，執行經常的事務，應該譯為「檔案室主任」或「總務科長」。

　　宇宙飛船的 successful splashdown 不是「成功濺落」是「安全濺落」。

　　beautiful, pretty 這種形容詞可以有無數的中譯，現在美國人喜歡濫用，意思更多。「好極了」，也可以說 It's beautiful, 你拿了一筆錢捐給窮人，別人可以說 How beautiful! 現在中國人也濫用「美」，這個字當然可以用來譯 beautiful，不過如果英文原文裡沒有濫用的嫌疑，還是找個恰當些的字眼為妙。

　　下級對上級的人稱 sir，中文裡又是有很多不同的字眼。如果那位上級是「總司令」，這個就是「總司令」，如果換了「連長」，就是「連長」，餘類推。如果有事報告，要說「報告總司

令」，不管英文裡有沒有這句加進去的話。這是中國人說話的規矩。英文裡說話也有規矩的。我譯唐朝沈旣濟的「任氏傳」裡面有位王爺的外孫和家僮對話。我在家僮的應對裡都加了 my Lord. 就是中文裡沒有的。英文裡不加就不像話，那個家僮太不懂禮貌了。

stiff climb 可以有兩個意思：「難爬的山」和「爬得很吃力」，看上下文而定。This is a stiff climb.「這是一座難爬的山」；I had quite a stiff climb this morning.「今天早上我爬山好吃力」。

interested 有時是因爲關係重大而特別留心，所以一般人譯成「感興趣」，就不合適了。

I am interested，可以譯爲「我覺得有意思」，或「很有意思」。

parish 是以一座教堂爲中心的區域，所以只能譯成「（教）堂區」，很多人譯爲「教區」是不對的。「教區」是 diocese, 由主教管轄，下面可能有很多 parishes 堂區。

History has turned its back on him. 不是「歷史」忘記了他；忘記他的是「世人」。

at breakfast 不是「在早餐桌上」，是「吃早飯的時候」。只有人站在桌上才能說他「在桌上」。

visit 不一定全是「訪問」。中文有時是「拜望」，有時是「串門兒」，有時甚至是「掃（墓）」——He visited his father's tomb today. 如到監裡去 visit 親友，就是「探監」（見下文頁219注）。

butcher 當動詞，是「虐殺」或「妄殺」，而不是「殺」。譯者容易犯沒有譯足的毛病，這就是其一。

「翻譯研究」裡已經提到 begin（頁126），這是個看起來容易卻很難譯的字，還可以補充一點。the bell began to sound 不該譯成「鐘開始響」，因爲中文沒有這個說法；這個意思中文的說法是「鐘響起來了」。這個「起來了」就等於 began to。

When I got nigh the place as I had been told of, I began to think……這個 began to 不要譯成「開始」，要譯成「就」。（「我走近別人告訴我的地方的時候，就想……」）

英文有一個字中文有幾個譯法的，如 dispose of 可以指典當、出賣、抵押……有一個比較可以通用的字就是「脫手」。反過來，中文的「脫手」也可以用好幾個英文字來譯除了 dispose of 還可以用 part with, sell, pawn 等等，要看上下文的情形而定。

英國的馬車有所謂 box seat 這並不是「廂座」，而是「御者座」，這個 box 眞害人。（這種座位本是一隻箱子，蓋子上坐人，所以用 box 這個字。安格斯・威爾森〔Angus Wilson〕寫的「狄更斯的世界」*The World of Charles Dickens* 上有插圖，可以看出，頁177， *Penguin Books 1972.*）

又英文 stolen property 會叫人譯成「被竊的財產」，實在說，這不是「贓」嗎？

英文的 commendation 是對什麼人都可以用的。我們長輩對晚輩的 commendation 是「嘉獎」、「嘉許」、「稱許」；平輩對平輩的是「贊揚」，晚輩對長輩的是「推崇」、「頌揚」。

承蕭定韓兄見告，中文「一倍」、「兩倍」意思一樣。說「我的錢比你多一倍」和「……多兩倍」沒有分別。譯文裡如果有重譯 double, twice 這些字，用一倍還是兩倍，要前後一致。

語言有許多顧忌。中國人傳說火神是「回祿」，有一次有人把……his house was burned down 譯成「他的房子遭了回

祿」，就有位基督徒指責他，說這是迷信，因為基督教是一神教。不過英文裡有些字和神話有關，如 Saturday（星期六）、Wednesday（星期三），一個是農神（Saturn）日，一個是替眾神傳信，並專管商業、道路的神（Woden）日。如果以一神來說，這兩個字也不能用了。

　　不過中英文字的確有要顧忌的。中文如「一箭雙鵰」已經不能隨便用，我已經在什麼地方提過。

　　名詞 patient 當然是「病人」，不過孕婦，接種牛痘的人，都是醫生的 patients 能叫做「病人」嗎？其實這個字幾乎和 client（顧客）差不多，不過僅僅指醫生的顧客而已。我們看到一句裡有 patient 不要立刻用「病人」這個詞，應該知道這是 under medical treatment（受醫藥治療或照顧的）的人。這當然太長，不過我們現在除了現成的「病人」，還沒有新詞構造出來備用呢。

　　moderate（income）英漢字典上沒有可用的譯文，我們當然可以稱它為「中等的（收入）」，不過如果查 *W.T.N.I.D.* 就可以找到 neither small, nor large 這個解，好了，「不算多也不算少」再好也沒有了。moderate（profit）要用另外的字來譯，「不算太薄的（盈利）」似乎可以。至於 sure（profit）不是「穩妥的」（利益），應該是「穩可到手的」。

　　lost 未必是「失去了」，the lost generation 一般人譯為「迷惘（失）的一代」也罷了，不過 lost civilization 又怎樣譯呢？「失落了的文明」行嗎？我想「湮沒了的文明」要好些。英文裡的 lost 到了中文裡字可多了，要看下面跟什麼字。

　　The drug can correct his arthritis. 這個 correct 不是「糾正」，該譯「對抗」或「治療」。英漢字典不一定有這個解，我們

要自己設法。

　　to treat cast iron 不可把 treat 譯成「處理」；這是「化學或物理等的加工」。一般英漢字典上喜歡用「處理」，但是「處理」有本身的意義，不能再兼。字典上雖有「處理」這個解釋，我們也不能用。

　　shock 譯爲「休克」，醫學界已經領頭，自然無話可說。這和 logic 之爲「邏輯」一樣，中文沒有相等的名詞可譯，只好譯音，另加注解。不過譯爲「震盪」，到底好懂些。

　　中文「得」字有「可以」、「能」的意思，粵語「得咗」，意思就是「行了」，可以爲證。可惜一般人寫文章，不記得這個意思，往往會寫「可以受得了」這樣的句子，殊不知「受得了」意思就是「可以忍受」。因爲譯文裡這個錯犯的人特別多，所以我才提出來的。

　　heads 或 tails 字典裡僅說是硬幣的「正面」或「背面」，譯出太囉嗦。其實中文也有字可以譯的，就是「字兒」，「末兒」。

　　There is evidence that……引人譯成「有證據證明……」這是彆扭的中文。可以譯成「（某一件事等如何如何）已經有了證據。」

　　refuse 大家都譯爲「拒絕」。但是中文的「拒絕」和英文的 refuse 有個大分別。中國人遇到別人有求不應，才說「拒絕」，而英國人卻不然。不肯採什麼行動，也可以說 refuse。 I refuse to give him any money, 不一定是他請求在先的。（參考 promise 這個字的解釋。）

　　英文的 ugly 可形容事物，也可以形容人。中文的「醜」只可以形容人。如果用來形容物，至少要加個「陋」字──如「醜陋

的房屋」。

via 可譯爲「取道」；現在通行的譯文是「經由」。「經由」並非不可,「取道」比較合乎成例。

obeyed,不一定譯爲「服從」,時常可以用「依」字。

「年輕」「靑年」本來不可相混,現在的人早已打倒「輕」字,改用「年靑」了。我所知道的中國方言裡蘇州、廣州話裡「輕」、「靑」的輔音有分別;他們說「年輕」毫不含糊,絕不是「靑」。「年靑」當然無可厚非,不過蘇州、廣州人說起來好不方便!這不是他們說的中國話,是外國人的中國話。

中文裡「男人」和「男子」有分別;「女人」和「女子」也有分別。「男子」、「女子」不含別的意義,「男人」、「女人」有時略有貶義。

an archipelago 譯成「一個群島」就成了笑話。太忠實會出毛病,這是其一。旣稱「群」了,怎麼又「一個」呢?an audience 也一樣。(譯爲「(一)群島(嶼)」,「觀衆」就可以了)。

collection 是人人都認識的,但是當馬術名詞卻比較生僻。一般字典都沒有解釋這個意義。只見於 *W.T.N.I.D.*:

a standard pose of a well-handled saddle horse in which it is brought well up to the bit and flexion of the body predominates with jaw relaxed, head at the poll, and hocks tucked under the body so that the center of gravity is shifted toward the **rear** quarters; *also* the act of bringing a horse into a state of collection.

所以譯者一定要用大型的字典。

二十二、查字典法

　　我不知道有多少人是不查字典可以翻譯的，也許有，不過如果必須查字典才能翻譯，也不是羞恥。問題是會不會查，因為查字典也不是很容易的事。我主張考試翻譯人員，可以讓他帶字典。

　　我在「翻譯研究」裡有一章「參考書」已經提到查字典的許多問題。現在要說的只是補充。

　　什麼字該查什麼字典，是應該研究的。查一個字如果沒有特殊意義的，要查中型字典(所謂中型，是指 *C.O,D., Random House College Dictionary, Longman Dictionary of Contemporary*

Watergate 一字只見於 The Random House Dictionary, College Edition（1979）, 定義如下：

1. an illegal break-in at Democratic party headquarters in Washington D. C. during the presidential campaign of 1972, allegedly by Republican campaign employees for political espionage and sabotage.

2. any Political act that is grossly illegal or unethical, usually involving unfair tactics, concealed contribution, special interest deals, and abuse of governmental trust for partisan advantage.

English, A.H.D., W.N.W.D. ）以求省時。如果是難字，中型字典
諒必沒有，不如直接去查大型字典 *S.O.D., W.T.N.I.D., R.H.D.*
等，省得一個字要查兩次。普通名詞如花名、鳥名、病名等等，當
然要查詳盡的英漢字典，不過各字典也大有出入，不知道究竟誰
對，又要考證一下。動詞、形容詞、副詞，最好查英文字典。新名
詞如 Watergate（水閘）＊英漢字典來不及收。一個字是否常見，
要憑經驗，說不出鑑別法來。

　　小型字典絕對不可用來翻譯。

　　一字多義，最好查大型字典。大字典的定義細而專門，容易譯
成中文。小一些的字典的定義不免籠統、概括，求解或者已經夠
了，翻譯就不方便。

　　有些字要兼查英漢和英文字典。由英文解釋翻譯有時反而省
力，但是有些現成的漢譯會是想都想不到的，所以英漢字典也要
查。同一個字多查幾本字典有好處，一是有的解釋容易了解，有的
解釋更合用；二是有的字義某一字典收，某一字典不收，有的某義
併入另一義，不再列出，有的某義特別標出，一查就有。

　　英文的成語往往不是可以照字面的意義來解釋的。譬
如 Here's mud in your eye! 只是敬酒的一句幽默話，請別人乾
杯。看到一句不很懂的英文，不要照字面猜測，最好查一查字典，
查了發現沒有別的解釋，才可以放心。

　　字典不是萬能。譬如十九世紀 ring the bell 叫門，當時是按
鈴，還是曳鈴？*David Copperfield* 這本小說裡用了多次，到第二
十四回我才看到 "……with my hand on the bell–rope……" 這
個短句，這就可以斷定是「曳」了。當然在這本小說的電影裡可能
看到，那就更好。

　　查一個字字典上有幾十個解，那一個合用？有人往往抱著先入

之見，以爲某字應該作某解，於是找合他意的一個解寫下來。這個解作興並不對。最好的辦法是看某個解的例句上下文是否和自己要找的那一句裡的相符。如果相符，就是你要用的那個意思了。沒有例句的字典不很好。

翻譯的人應該記住：英漢字典僅負責解釋字義，並沒有說那些解釋可以用於某一篇文章裡特定的上下文當中。尤其是一個字在某一篇文章裡跟某些上下文在一起，應該譯什麼，是神仙也供應不出來的*。英文字典什麼中譯也不列，僅僅說明字義，譯者不能偷懶，倒要用一番心思找應有的中譯；因此譯文反而更明白暢達。只用英漢字典裡有的解釋翻譯，譯文不免僵而不化，原因就在此。

上面說過，英文字，中文字等於鋼琴鍵；一個字不能構成意思，在上下文當中才有；一個鍵彈不出旋律，要和前後別的鍵一同彈奏才有。

夫或妻與前妻或前夫所生，帶到再婚妻或夫家的子女 stepson (或daughter)，中文竟然沒有同義字。妻帶到夫家的子女只有輕蔑的「拖油瓶」這個詞。江蘇鎮江話指前夫或前妻生的子（女）叫做「前手生的兒子（或「女兒」）」。別處諒有類似的字詞。

sponge 不一定全譯「海綿」。外科醫生用以吸血或其他液體的，消過毒的紗布或棉球，也叫 sponge。

Smithsonian 看起來像個專門名詞，叫人譯它做「斯密司桑

---

*David Copperfield 第十一回，主人公到監獄裡去看密考伯先生，回來見密考伯太太，With an account of my visit 這個 visit 該譯成「探監」，但是任何一本英漢字典也沒有這個解釋。

年」，錯了。這是 Smithson 這個專有名詞變化而來的。按英國有個化學家、鑛物學家，名叫 James Smithson（1765–1829），捐獻了一大批遺物給美國，成立 Smithsonian Institution（司密森學會），以「增人類知識，並予廣揚」。現在華盛頓的「國家美術館」（National Gallery of Art）美國國家博物館（U.S. National Museum）等等，都是由這個學會主辦的。這樣簡單一個字，就要逼著我們查字典，查百科全書，否則就要譯錯。

我翻譯過一句英文短句 land flowed softly uphill 想了很久沒有適當的字可以用。當時隨便看柳宗元的文章「遊黃溪記」，到了「與山升降」，就想到了「地勢緩緩上升」。我們翻譯，沒有字可用，不是查字典可以找到的。

有個朋友譯一本名叫 *The Grass Is Singing* 的書，問我書名該怎樣譯。按這個名稱是 T.S. Eliot 的長詩 *The Wastelnad*「荒原」裡引來的，

In faint moonlight the grass is singing （第387行）

意思是「微弱的月光下，草在呻吟」。

我想原書既然引 Eliot 的詩，我們也可以引中國的詩。Eliot 的詩題「荒原」正和鮑照的「蕪城賦」題意相近，這篇賦裡應該有可以用的字眼，我翻了一下，發見了下面一段：

> 荒葛胥塗，壇羅虺蜮，階鬥麏麚，木魅山鬼，野鼠城狐，風嗥雨嘯，昏見晨趨……

從這段裡，我選了「荒葛嘯嗥」，意思和原文極近，用作書名，也不算太差。有人會反對用這個譯名，因為太文，不容易懂。不過原文 *The Grass Is Singing* 也不大好懂。

mantis eggcase 所有字典上沒有這兩字合用的解釋。只有動物學辭典上「螳螂」那一條裡提到 eggcase 是「螵蛸」。平時不是譯有關動物的文章，絕不會查動物學詞典的，找解釋之難有如此！這個字是湯新楣兄指點我去查的。

狄更斯的 *David Copperfield* 第卅八回裡，用 Patience on Monument 這個短語 *S.O.D.* "patience" 下面第 I 解 e 項下的例句 "She sate, like Patience on a Monument, Smiling at greefe." 並叫人查 Shakespeare。我查 *A Shakespeare Glossary* 沒有，然後查 *Oxford Dictionary of Quotations*，查到了，原來在「第十二夜」第二幕第四景，一一七行。

> Viola: A blank, my lord. She never told her love,
>
> But let concealment, like a worm i' the bud,
>
> Feed on her damaskcheek: She pin'd in through;
>
> And with a green and yellow melancholy,
>
> She sat like patience on a momument, Smiling at
>
> grief, was not this love indeed?

還有本回稍前提到 Quoted verses respecting self and young Gazelle.（引有關自己和小羚羊的詩。）這句我疑心狄更斯指的是摩爾（Thomas Moore, 1779-1852）Fire-Worshippers（「拜火者」）詩裡所指的小羚羊，狄更斯在另一本小說裡引過這一節，只改末句。原詩：

> Oh! ever thus, from childhood's hour,
>
> I've seen my fondest hopes decay;

I never lov'd a tree or flow'r

    But t'was the first to fade away.

I never nurs'd a dear gazelle,

    To glad me with its soft black eye,

But when it came to know me well,

    And love me, it was sure to die!

Lalla Rookh, The Fire Worshippers, i, .279

這也是由 *Oxford Dictionary of Quotations* 裡找到的。

另外可查的是 *Bible* 和 Shakespeare 的 Concordance，我們有時碰到原文裡沒頭沒腦的一句引文（可能並沒有引號），譯者不知道出處就沒有辦法翻譯。聖經和莎士比亞的文字還可以參考各個譯本，揀好的用，註明是誰的譯文就行了。既可以免得譯錯，又可以省事。即使不滿意重譯也可以用作參考。

二十三、翻譯漫談

——讀諾克斯論翻譯——

　　英國的諾克斯教卿（Mgr. R. A. Knox, 1888-1957）單獨譯過全部聖經。著作等身，是位文壇巨人。連天主教外的人也十分欽重他。他本是牛津大學天主教學生的神師。一九五七年六月十一日在學校謝爾登劇院（Sheldonian Theatre）發表魯馬尼司演講（*Romanes Lectures*）論英文的譯文（*On English Translation*）。（這個講座是科學家魯馬尼司〔George John Romanes〕所設。他是達爾文的朋友。）原文由牛津大學出版，只廿六頁，要言不煩。他精通希臘、拉丁文及近代西方語言，神學、哲學湛深，又潛心文學，以學者、文章家的身分從事翻譯，說的話自然有權威，別人及不上，所以本文值得我們借鏡的地方不少。博學有識，精通外文本國文的人，如果沒有豐富的翻譯經驗，談到翻譯不免說不中肯綮的話出來。沒有學問，本國文外國文都不通，又沒有翻譯經驗的人，就不用說了。翻譯是專門技藝，和建築、醫道差不多，一般人還沒有承認；大約跟劣譯充斥，認為誰都可以做這件事有關吧。倘使翻譯也像建築師、醫師一樣需要經過專門的訓練才許從事，情形也許會不同。

　　且說諾克斯教卿（Domestic Prelate to pope 是榮銜，由教宗賜封）的那篇演講裡面提到的都是古典作家如荷馬、荷瑞司（Quintus Horatius Flaccus）等人的英譯，我們即使不懂希

臘、拉丁文，不能對照，充分明白他的精義，對於他提出的原則，仍舊可以了然。他揭櫫的第一要點是替讀譯文的人設想。認爲直譯只等於對照書、註解書（crib），不是翻譯。只有學生看起來方便，他一手執原文，一手執譯文，就可以對照了。民國初年很佔優勢的一派，採用的就是這種翻譯，我起初也以爲應該如此，翻譯多年，跟師友研究之後，見解才慢慢改變過來。諾克斯說，譯文是要給人讀的，讀者不懂原文，也沒有機會找原文來參考，指望讀譯文也得到跟讀原文相同的意味和快樂。他說：

> 書……第一要緊處是叫人讀來不肯釋手。如果讀者一看你的翻譯立即放下，心裡想，「我還以爲這本書相當不錯呢，要是懂希臘文就好了」，那你就糟蹋了原文。你得叫他說，「這本書真要得」，不管犧牲了多少直譯也不要緊。

嚴復譯書，有時不懂原文的意義，就聲明是照字面直譯，這是他爲人老實。他自己也覺得沒有翻譯出來。逐字直譯不是翻譯，人人會做，只要查字典就行了。不過這樣譯出來又有什麼用呢？

　　以聖經來說，譯者認爲這是造物主的話，人不能亂改。於是照字直譯。英國的欽定本（*Authorized Version*）就是直譯，三百多年來大家都說譯得好，一直到近代的大作家魯易士（C. S. Lewis）才說，雖然英文文字裡鑲嵌了很多聖經裡的引文和半引文，這個譯本完全沒有影響到英文的體裁。據我所知，耶穌稱他的母親爲「女人」（若貳，四）各種譯本都直譯，解經學家說古時候用這個稱呼沒有不敬的意思，我奇怪何以連諾克斯也照用。到了近年英國聖公會的「新聖經」，才改成了「母親」。（天主教比較新出的「耶路撒冷本」也沒有動，別的最新譯本我還沒有參考。）案

吳經熊博士的文言譯本用「媼」，是恭敬的。「史記」：「觸龍說趙太后曰：『媼之愛燕后，賢于長安君。』」照中國老套，以「紅樓夢」為例，賈寶玉在人面前稱他母親為「太太」，倒可以用來譯這裡的「女人」。我們尊敬直譯，就怕讀者不明白古代的習慣，又不去看註（有的本子根本沒有註），可能有誤會。（翻譯能不用註就不用。）

　　還有耶穌時代有個習慣，詩歌裡有，「看啊（lo, behold）」，並沒有東西可看。現在天主教的「耶路撒冷本」和聖公會的「新聖經」都拿掉了。中文似乎可以效法。這且按下不表。

　　諾克斯說，聖經裡的成語不宜摹做，因為都是外國語。外國語並不是不能懂，而是不自然。想想看英國欽定本已經通用了三百多年，他還說這話。翻譯的人認為外國語看多了就慣了，初初不慣不要緊，我並不以為然。白話的中文譯本聖經也發行了很長一段時期，一般寫作並沒有受它的影響。拿中國白話文的發展來說，受到譯文的壞影響太多了。有些詞儘管已經入了中國籍，似乎總不很自然。如社會學的「認同」一詞，由拉丁文 *identita*（法文 *identite* 英文 identity）譯來，我們雖然也漸漸能懂，總有些看不太慣。至於別的學術的冷僻名詞，搞這一門的搬弄起來固然跟道士念咒一樣，十分順口，別人聽了，可不知道他說什麼。硬用外國文法也是一樣。

　　最近何懷碩兄寫了「論中文現代化」一文對這方面已有詳細討論，蒐羅的材料豐富，立論平允，敘述條理井然，極可供有心人參考。懷碩兄雖然以畫名家，他的中國書讀得很多，所以可以論這件事，從事翻譯工作的人大可一讀此文。

　　文學作品尤其難譯，因為這是要娛人的。一本小說不管說教也好、宣傳社會主張也好、介紹科學觀念也好，總要叫讀者能當它文

學來欣賞。諾克斯要譯者「下決心寫作,寫出文學作品來,不僅僅
照抄外國的詞語成語,說『哪,原文就是這樣說的嘛!』這句懦夫
的話來自辯。」他說,「大家定下直譯的原則,結果是毫無滋
味。」他稱這種翻譯做「貓頭鷹標本的翻譯」。我要補充一句,許
多翻譯連這一點都做不到。貓頭鷹標本雖然是死的,還是用貓頭鷹
剝製的;低劣的翻譯簡直連死貓頭鷹也不是的,面目全非,臟腑迴
異。

　　諾克斯力言譯文要讀來有味。(他用的是現在我常常看見人譯
為「可讀性」的那個字,不算壞,「可讀性很高」是不難看到的短
句。我仍舊覺得這就是他所說的直譯。)十九世紀末,英國的紐曼
教授(Francis W. Newman, 1805-1897 紐曼樞機的弟弟)把荷
馬的史詩譯出,自詡「保存了所有原文的特點」,給大批評家(也
是詩人)阿恩爾德(Matthew Arnold, 1822-1888)批評得體無完
膚。諾克斯說,如果實踐紐曼教授的原則太認真,翻譯就成了辦不
到的事了。這個理想當然好,不過做不到,如果勉強去做,譯文就
糟了。

　　順便提一提,阿恩爾德的論荷馬英譯一共三講,又答紐曼一
講,收在他的文集裡(*Matthew Arnold's Essays*)(牛津大學出
版),是研究翻譯的人讀了有益的。英國譯荷馬的最早有切勃門
(George Chapman, 1559?-1634?),詩人濟慈有首出名的十四行
詩「初讀切勃門的荷馬」,說了他好話。但照阿恩爾德說,濟慈不
懂希臘文,沒有資格贊揚這位譯者。另有兩位大詩人譯過,一位是
頗勃(Alexander Pope, 1688-1744),一位是庫勃(William
Cowper, 1731-1800),阿恩爾德認為他們都沒有譯好,這件事本
文不能詳談。不過諾克斯卻認為,頗勃的譯文本身和厥霜頓
(John Dryden, 1631-1700)譯的羅馬大詩人味吉爾(Publius

Vergilius Maro, 70–19 B. C.）的詩雖然譯走了樣，譯文本身都是第一流的詩。

　　英國還有一位寫過「翻譯藝術」的倭豪烏司理公爵（Lord Woodhouselee, 1747–1813），他在書裡說，把詩譯成散文算不得盡了職；「換句話說，除了詩人，誰也不能譯詩。」諾克斯一定贊同，因為他接下去說，譯文應該有原文的新鮮才行。譯者如果一起首就認定他在翻譯，翻譯是翻譯，就完了。

　　英文的句子可以寫得很長，不但散文，連狄更司寫小說都可以胡鬧，寫極長的排句。不過近年來寫散文的人已經不愛寫長句了。可見就這種可以寫長句的文字來說，長句並不一定好。諾克斯認為：

　　你的翻譯不能因為原作者（例如西塞祿）用了長句，就有長句。原作──例如「箴言」的作者──喜歡把句子同等排列，你改成有主有從，也沒有不妥。你並沒有定好合約要摹倣，而是要把原意用等義的文字表現出來。不過他還補充一點，認為好的譯文雖然不要求機械地傳達微末枝節，多少還要把同樣的氣氛表現出來。關於這方面，諾克斯引逝世不太久的英國桂冠詩人岱‧盧易司（Cecil Day Lewis）說過的一句有智慧的話：「要抓住原作者的神氣，你要跟他有些相似的地方。」做不到這點，「你靠原文的字眼和思想，了解不了原作者，接觸不到他。」倭豪烏司理用的字眼更有力，他說，譯者「必須把作家真正的靈魂攝上身，讓這個靈魂藉譯者的器官來發言。」諾克斯進一步說，「其實，一句未譯之前，他就要鑽到別人皮膚裡去。」他說，一切翻譯都和扮演一樣，這一點成功，風格、成語，自然而然就來了。

　　我知道偉大的伶人無不善於揣摩劇中人的感受，演來逼真，這樣觀眾才會受到感動。演員演某一角色，就變成那一角色。普通戲

子敷衍塞責，照背臺詞，臺下人知道他在演戲，也就無動於衷了。
英國十七世紀的傅勞瑞奧（John Florio, 1553?－1625）譯法國蒙
丹納（Michel Eyquem de Montaigne, 1533-92）的散文，文筆
古怪而放肆*，但他酷愛原作者，譯來傳神阿堵，所以能重大影響
英國的文學和哲學，譯文至今爲人愛讀。這件事可以用來補充諾克
斯的主張。

　　古英文和現代英文的分別很大，現代英國人沒有學過古文，看
不懂古文。但是從伊利莎白時代起，稍微受過點訓練的人都可以讀
培根、莎士比亞的文字，此後各代的英文越來越和現代英文接近。
中文文言白話就詞彙和文法來說，幾乎是兩種文字，差異之大，超
過西班牙和葡萄牙文的。現在一般人已經不再寫文言，不免以爲白
話文很容易寫，怎麼說就怎麼寫好了。我一直以爲白話文難寫，因
爲描寫景物、感情、情況，白話的語彙貧乏，字不夠，只有「好極
了」、「了不起」、「糟透了」少數這幾個詞，這且不談；句的結
構是否合適，白話虛字是否用得不錯，字義是否準確，文言那些詞
還可以選用，那些必須摒棄，那些口語、方言可以採取，那些歐化
句法可以介紹摹倣，全是問題。白話文的用法詞典還沒有一本，白
話文沒有很多標準作家可資效法，所以難怪大家亂寫。從前我爲了
選些教材，細看過五四以後名家的名作，就發見文字方面有很多錯
誤和不妥，日後有暇，再詳細舉出來跟大家研究。（極少數幾位錯
得不多，但是否都宜於摹倣，還有問題。）諾克斯竟說：

　　請你相信我，現代英文並不是輕易下筆的……你得不停地小心，

-----

*我說傅勞瑞奧譯蒙丹納散文「文筆古怪而放肆」，並不是主張
譯文要「古怪放肆」，請讀者不要誤會。

　　守住紀律，特別是在專心壹志，力求簡樸的時候。

　他的話正是今日我們寫白話的人應該記住的。我想他說守紀律這一
點，是指寫現代語的人容易隨口亂說，不是蕪雜，就是意義不明。
現在用白話翻譯外文，更可以亂來，不像用文言多少還有個譜（當
然我們不能用古文翻譯）。

　　順便我想一提，林琴南的翻譯算不得翻譯，但他的譯文讀來多
麼上口！至少也叫讀者得到讀書的樂趣。別人沒有好好譯出他譯的
那些作品以前，大家有他的譯作也可以嘗鼎一臠，得到點快樂，不
當他的是譯作，他的書自有若干價值。此後許多後繼的人照原文直
譯，譯文不明不白，也念不下去，讀者連意思也弄不清楚，那裡談
得到欣賞，跟不懂外文或只懂極少外文的人聽外人說話一樣。這種
翻譯也算不得翻譯。讓林琴南讀到了不會心服。這完全是用白話翻
譯的人沒有規矩繩墨，不守紀律的結果。我希望不久誰能選出一本
散文集，書名叫「白話文觀止」，裡面的文章幾乎沒有大錯，學生
儘管仿效，不會出毛病，文法修辭家可以引來作為例句，說明某一
用法，讓大家知道對對在那裡。到現在為止，國語文法學家只能在
「紅樓夢」、「水滸」等舊說部裡找例句，這並不錯，也不能怪。
但範圍太窄，包括不了現化白話文的種種特點。

　　諾克斯在末了還說了一句極重要的話：

　　譯者必須竭力用他說來自然的話，再用一點還沒有不流行的、好
　　的、並非陳腐的古文來略微鞏固一下譯文。譯文的體裁必須是他
　　自己的，修詞和語勢則必須是原作者的。心底裡總要假設自己在
　　寫作。

這真是一針見血之論。他雖主張用現代英語，也主張揀一點古文用用，這和我們今天寫白話文要求的一樣。翻譯的人要假設自己在寫作是最要緊的一句話。我的好友裡有主張翻譯不可像原作一樣自然流利的，以為這樣就沒有表達出譯文的體裁。我不同意，這本是見仁見智的一點。大家不必求一致。不過我讀了諾克斯的主張，自己的信心就更堅定了。我想譯者如果是文章家，而原作者卻是科學家，不講究文字的，則譯作比原作更能朗朗上口，並不足異。哲學家康德和杜威的文章都寫得極不明晰，譯者勢不能保存這種體裁（羅素的文章則清瑩如鏡，又當別論）。再者凡作文的人總有自己的體裁（即使文章不好，也有不好的體裁，故作姿態，就是一例），翻譯的人用本國文翻外文，也是一樣。能保存原文風格當然極好，不過這是容易說不容易做到的。此外，原文作者人人風格不同，譯者那裡全摹倣得維妙維肖？他一下筆翻譯，就現出自己的寫法，如果把十個外國作家譯得像出於一個人的手筆，也不足為怪。只要譯文可讀就行。譯者總一定要譯出能讀的文章來的。

　　但原文在修詞、氣勢方面下的功夫，則不能忽略。如抒情、寫景用的意象，生動新鮮的描寫，絕不容放過。原文具體，譯文不能抽象；原文刻畫入微，譯文不能籠統含混；原文細致，譯文不能粗疏；原文的詞語俚鄙，譯文不能換成雅馴；反過來也是一樣，諸如此類。原文著力說，要特別喚起讀者注意的，譯文不能輕輕一筆帶過；原文順便一提的，譯文不能力言。文章千古事，得失寸心知，凡是作者在什麼地方用了心的，譯者該體會得到，也用一番心表達。

　　因此我不免想，智慧比原作者低很多，文字的修養訓練比原作者差很遠的，怎麼能翻譯那人的作品？常人翻譯天才作家的作品，結果只有逐字死譯，殺死原作者，把活鳳凰譯成醜小鴨！大多數詩

的譯作都毀滅了原作的音樂和詞藻，古今中外一樣。有的佳譯是新創作，不是人人做得到的，中國的詞曲，英國的民歌，都是要唱出來的，譯作又怎樣唱法？—— 要可以唱，就要另創旋律。譯者不僅要寫作，根本要創作。

據阿恩爾德說，很多人要他譯荷馬，他第一沒有時間，第二沒有勇氣。很可惜，他似乎是適當的人。由此也可見這件事的艱難。

我們談翻譯，往往第一注意對原文、原作者負責。這件事一點不錯，錯在太看重這一點，反忘記了讀者。這只是本末輕重的問題。譯者又要忠於原文，又要譯文明白曉暢，朗朗上口，是不是辦得到呢？答案是辦得到，不過很辛苦，也要一點訓練。趙元任博士譯「阿麗斯漫遊奇境記」連有些雙關語都譯出來了，還有什麼別的不能譯的？為了譯文流暢，犧牲一點原文不相干的地方是合法的，只要譯者懂得那些是不相干的地方。此外，顛倒的次序句中成分（重新裝配），補出該補出的，掉換品詞（ parts of peech ），都是辦法，要好好學習。

我看完諾克斯的演講詞還有點感想。理想譯者難得，原不足為怪。他理解外文的能力要比那種文字的本國人還深一層，寫作的能力要比一般作家還高。我們看中文不求甚解，懂個大意就算了。淺顯如「三國演義」、「水滸傳」、「紅樓夢」，裡面不知道有多少詞語是一時講解不出的，譯者全要徹底了解。我們寫作，會寫的就寫，不會寫的就避開不寫。譯者卻沒有選擇的餘地。凡是原作者說了的，他都要譯，用中文表達出來，表達得很到家。三教九流的口頭禪、意味深長的議論、奧妙精湛的哲理、入木三分的情景、激動奔放的呼號、百科學術的解說……都要恰如其分地譯出。這和醫生要醫各種疾病（他有時還可以把病人交給某一專科醫生），建築師要造各種住宅房屋、工廠、戲院、教堂（各教各派）、醫院……一

樣。這幾乎要無所不能才行。有些人擬不出一通電報，要是需要譯
這種應用文就麻煩了。

　　諾克斯和桂冠詩人岱・盧易司除了詩文，還寫偵探小說。原來
英國教職收入甚微，寫偵探小說可以賺錢貼補貼補。他們玩這一行
的票，雖然不如逝世不久的克麗司蒂（Agatha Christie）那麼出
名生財，到底構思巧妙，文字優美，自成一家，不落凡近。我提出
這一點只是想說明他們有多方面的寫作能力。這種人從事翻譯，自
然高人一等，值得我們注意。

　　我一開始就提到翻譯是專門技術，現在還想補充一點。我奇怪
每一專門技術都有全套訓練、實習的規定，譬如醫生要讀多少年醫
科，在教師指導下見習多少年，才能夠行醫。建築師、會計師、律
師、神職人員、鐵匠、木匠、麵包師傅，都要有一番就業的準備，
獨獨翻譯不要。似乎懂得點外文，能寫點白話，買本字典，就可以
幹起來了。從前西方剃頭師傅兼外科醫生。理髮商門口的紅白螺形
條文的標誌象徵放血前繞在膀子上的繃帶，底下金色的球形托則象
徵銅盆。一四六一年「理髮師外科醫生公司」成立，一五四〇年重
新註冊。一七四五年這兩個行業雖然分開，這間古老的公司繼續存
在；最後一位雙棲的職業人士死於一八二一年。中國剃頭師傅也是
醫生，長於推拿、舒筋活血、刮沙眼、掏耳垢。浴室的擦背修腳師
傅也是醫生。除了促進浴客血液循環、肌肉功能之外，還會由肥人
足趾放出鮮血，減低他的血壓。他們兼這一行確實跟師傅學過，有
過實習，所以並不騙人。也不動大手術，不至於傷人性命。至於醫
道是否高明，那是另外一回事。現在這些行業的人行醫的時代已經
過去了。剃頭的只剃頭，修腳的只修腳，未嘗不是好事。

　　翻譯的人誤殺原作者，折磨讀者，因為沒有人控訴，刑法也沒
有條文處罰，所以可以逍遙法外，不像醫生醫走了手，出了人命，

要吃「療法失當」的官司。也不像建築師誤算結構力，建築物坍下，難逃法網。從前英國有對姓冒德（Maude）的夫婦，一生專心翻譯托爾斯泰，他們譯好，請托爾斯泰過目，原來此老英文很好，這樣一看，譯文可以說很不錯了。法國人勒古意和夏沙米昂（Émile Leguis, Louis Cazamian）寫過一本英國文學史，後來這本書由他們兩人跟兩個英國人合作譯成了英文。這個譯本也一定可靠。不過作者能讀能寫，能譯出一種外文的究竟不多。原作者給外國人作踐得不成樣子的事想必不少。至於讀者，能讀原文的，沒有誰肯讀譯文，除非譯得好，譯文本身可以欣賞；有個德國人說，德譯莎士比亞有些地方靑於出藍。我不懂德文，不敢批評。不過精通這兩種文字的人太多了，濫譯恐怕站不住腳。（古英文極像德文，這兩種文字到底接近，中英的差別太多，情形不同。）

翻譯的難處說來叫人難信。我知道有一位中英文寫作都在水準之上的人，有一次他把自己寫的一篇英文序文譯好，給另一位朋友看。（譯成中文的原因是這篇序要出英漢對照本。）他這位朋友是譯林第一等高手，他看了對我朋友說，「你的譯文太像外國話，要是你不介意，我替你改動一下。」我朋友請他儘管放手去改，等他改好，我朋友看了佩服得五體投地；因爲英漢拿來對照，如影隨形，譯文自然流暢，跟原作一樣。我的朋友自己動手翻譯，打不掉他自己的原文的桎梏。這是翻譯的技巧。

附帶提一提，諾克斯的聖經譯本（一九五五）已由「耶路撒冷本」（一九六六）取而代之了。許多人已經讀熟了諾克斯的譯文，喜歡它，現在可能還在用，但新譯確是更好，尤其是編輯的方法空前高明。最大的原因是這件事似乎不是一個人承擔得了的。「耶路撒冷本」先有法文（一九五六），後有英文。法英兩本的譯事都由道明會的神父主持。他們在耶路撒冷有聖經學會，譯經的還有別的

修會的會士，如本篤會、聖奧斯汀會的，另有世俗的學者。還有一
個原因是自從第二次梵諦岡大公會議以後，天主敎有句口號「與時
俱進」（ *aggiornamento* ），所以聖經要有新譯本。無論如何，諾
克斯的翻譯是件大事，我們研究翻譯，若把聖經各譯本拿來仔細比
較，可以得到很多有益的啓示。再沒有一部書有這麼多譯本，這麼
多人，這麼認眞翻譯了的。找本譯得極好的書如林以亮編的「美國
詩選」（今日世界社出版）來對照是研究翻譯最好的方法。還可以
自己先譯，再跟別人的對照，這也是最好的練習，比上翻譯課還
好。十幾頁的譯文裡幾乎可以包括翻譯藝術最重要的部份。唯一的
困難在高明的譯文如鹽化成了水，初學的，沒有那麼深修養，中外
文程度淺的看不到鹽，不知翻成那樣的來龍去脈，也許要人講解才
行。 ── 恐怕要原譯者才能講，但總可以學不少的。

二十四、譯者、譯事

小　　引

　　譯者是什麼樣的人物，翻譯是怎麼一回事，恐怕不是一時容易知道的。前年我在香港翻譯學會演講，曾說了笑話，我說一般人把幹這個行業的叫「翻譯的」，和「剃頭的」（今稱「理髮師」）、「修腳的」無異；或者叫做「譯員」。按這個「員」字雖有「委員」撐場，到底給「小職員」拖下去了。今世最叫人肅然起敬的專業人士有三大師，就是「醫師」、「律師」、「會計師」，而「翻譯師」則沒有人說過。退一步說，如果寫文章的可稱為「作家」，幹翻譯的至少也可以叫做「譯家」（客氣的人多有用「翻譯家」這個美稱的。）而且論翻譯之為專業，雖然有充分的理由，可是在報酬方面，比起上面說的三大師來就差遠了。

　　翻譯這件事五花八門，真是說都說不清楚；對於譯者的要求太多，太苛嚴。遠景既然如此黯淡，才高學博的人當然不甘心去幹。我雖然是個普普通通的翻譯，倒也略知其中甘苦一二，提出來為外人一道，也許是可以的。

　　Renditions（「譯叢」）的編者林以亮兄叫我把那次演講補充成文，在這本刊物發表。不久大家就可以在一九七八年的「秋季號」（第十期）該刊裡看到了。下面是該文用中文改寫的本子。我寫「翻譯漫談」一文本也把本題講了不少，這一篇可以說是進一步的補充。

　　我買過一部「大衆叢書」(*Everyman's Library*)版，一套三冊，托爾斯泰寫的「戰爭與和平」，打開一看，竟沒有英譯者姓名，當時很詫異。不但扉頁上沒有，翻遍了全書也找不到。誰譯的呢？

　　後來又看到「美國譯家」(*American Translator*)(一九七一年三卷四期，美國譯家協會會刊，季刊)，編者嘆息道，譯作的書評裡什麼都提，就是不提譯者。他說，「這種文章大約十二篇裡只有一篇一句半句提到所評的是一本翻譯……一百篇裡也許只有一篇提到翻譯的好歹。」並且還說菲立普‧陶音比(Philip Toynbee)在「倫敦觀察家」裡，用了三欄篇幅批評亥莽‧赫塞(Hermann Hesse)的(*If the War Gose On*)(「如果戰爭繼續」──譯名暫擬，下同)，沒有隻字提到譯者，美國譯家協會的會員拉爾孚‧曼海姆(Ralph Manheim)，此人曾因翻譯根特‧格拉司(Guenter Grass)的 *Tin Drum*(「錫鼓」)，得到一九六四年筆會翻譯獎，又因翻譯切里尼(Célini)的 *Castle to Castle*(「城堡到城堡」)得到一九七〇年美國全國書籍獎。

　　得到諾貝爾獎金的日本作家，應該感激把他們的作品譯成西方文字的人，因為沒有這種人，評判得獎的人永遠看不懂他們的作品。據說日本政府特別注意把他們作家的作品譯成外文。雖然如此，這些譯者都是無名英雄。

　　由這些情形就可以看出，譯者都是無足輕重的人物，實際上其中大有名家。我在「翻譯漫談」一文裡提到的英國譯荷馬史詩的，先後有頗勃(Alexander Pope, 1688–1744)庫勃(William Cowper 1731–1880)，兩位都是一流詩人。嚴復身為大學校長，邃於文學，譯了許多世界名著。今天這三位大譯家的譯作已經沒有人愛讀了。他們心血的結晶比不上次等作家的作品受人歡迎。即使

有人翻一翻，目的並不是欣賞，而是（像極少數研究文學的）為了回顧翻譯史的陳跡。儘管譯作本身就是文藝鉅製，也無濟於事。

　　一般讀者喜歡讀本身時代的譯文，因此一代有一代的譯作。圖書館不得不收藏以往一度著名的譯作，目的只是供人參考，不是真正的閱讀。

　　以往聖經譯文受人歡迎的時期比較長，如英文的「欽定本」（ *Authorized Version* ），三百多年來有人用它。不過現在時代的衝擊太大，新譯本接二連三出現，以應新讀者的需要。任何譯者都不能說，經他譯過，別人就再也不用重譯了。我已約略介紹過天主教諾克斯（ Mgr. R. A. Knox, 1888–1957 ）的名譯，還提到他的譯本已經給 *Jerusalem Bible* （ 耶路撒冷本聖經 ）取而代之了。別的譯本更不用去說。

　　英國譯十一世紀末波斯詩人峨瑪・凱恩（ Omar Khay-yam ）四行詩的費次玖羅（ Edward Fitzgerald, 1809–83 ）的情形不同一點。他的譯文流傳了好多代，主要是因為他譯得自由，當然也譯得巧妙，幾乎像原著，不像譯文。以前我還提過英國的傅勞瑞奧（ John Florio, 1553?–1625 ）也是這種譯家。他譯的是法國〝蒙丹納〞（ Michel Eyquem de montaigne, 1533–92 ）的散文。即使如此，後世的人要重譯，他們也無法阻止。

　　早期英國譯荷馬的還有一位且勃門（ George Chapman, 1559–1634 ），此人是著名學者，劇作家。可是若不是濟慈寫了一首不朽的十四行詩，題目裡有他的譯作，我們幾乎不知道他的名字。詩人頗勃也佩服他，說他翻譯的荷馬生氣蓬勃，這是「由超乎尋常的、熱情奔放的精神激發出來的」。可是，儘管如此，頗勃還是譯了他本人十八世紀的荷馬。時至今日頗勃、庫勃本人的詩仍然有人愛讀。只要英文有人讀，他們的詩是不會給新一代的詩推翻

的。

　　至於嚴復，他用古奧的文言譯書，「求其爾雅。……實則精理微言，用漢以前字法句法，則爲達易；用近世利俗文字，則求達難。往往抑義就詞，毫釐千里。審擇於斯二者之間，夫固有所不得已也，豈鈞奇哉。不佞此譯，頗貽艱深文陋之譏。」他的話也許很有道理，但結果是今天他的翻譯比原文還要難懂。即使在他那個時代，一般人也讀不懂他的翻譯。

　　且勃門、頗勃、庫勃、嚴復，都還算幸運的，有人佩服，後世的人還知道有他們，認爲他們譯得好。無數其他譯家，就如剛才提到，譯「戰爭與和平」的，什麼稱贊都得不到。我們不知道他（他們？）拿到多少酬勞，就和不知道他們是誰一樣。不過這筆錢一定不會太多。這些人都是「無名文學家」，和爲國捐軀的「無名英雄」一樣，沒有人知道他們是誰。

　　一般譯者所得微薄，也透露出譯家不受尊重的情形。據說，某一出版物譯員的待遇是全機構最低微的。多數名作家靠譯者替他出力，他作品才能送到外國讀者面前，但是外文版的版稅利益，只有他一個人有分。譯者只拿得到一筆稿費。有些出版人給譯者的報酬好些，不過這種報酬如果拿來和別的專業人士的收入比較，只能算是少量的施捨。要是有什麼文件要翻譯，律師可以向當事人收一筆可觀的翻譯費，不過眞正翻譯的人卻只能得到一小部分。

　　我們時常聽到大家埋怨，說翻譯的素質太差，可是大家好像沒有認淸，翻譯的酬勞卻是很低的。英國詩人、戲劇家、批評家厥藹頓（John Dryden, 1631-1700）在「奧維德書札」的序裡替譯者嘆息道，「……翻譯的工作要有很大的學問，而所得的稱贊和鼓勵卻微乎其微。」譯得高明當然再好沒有，不過翻譯旣然是專業，就該享受專業人的利益，得到公道的報酬，這樣我們才能夠要求他們

多受點教育，買昂貴的參考書，必要時向專家請敎，一次一次，無休無止地修潤譯文。

　　傅雷是中國少有的傑出的譯家，三十年代他常常把成百畝的地賣掉，維持家庭的生計，好專心翻譯法國文學名著。遇到不懂的，或者不十分有把握的地方，就向上海的**法國敎授、敎士**、領事館人員、商人請敎。如果還有疑問，再寫信到**巴黎請各種**專家解釋給他聽。他譯得很慢，每天兩三千中國字，**不過成績卻好極了**。並不是所有的譯家都有這麼多房地產，好賣了來達到翻譯的理想。一般譯文素質低，也是待遇劣促成的。

　　上面說的話還沒有涉及譯者知識的範圍。大家總以為譯者是無所不曉的人。什麼東西都可以拿給他翻——上自詩壇盟主的警句名篇，下至瘋癲男女的胡說亂道；從中國的曆書到愛因斯坦的相對論；從法律界莫名其妙的行話或官僚的專門術語，到政黨的口號或廣告引人注意的言詞，全要譯。他要把一種文字的雙關語、諺語銖兩悉稱地譯成另外一種文字。好像律師必須代表各式各種的當事人，辦理無奇不有的案件，譯家也要會翻譯各式各種的文件。

　　小說家未必能寫詩，詩人未必能寫小說。而譯家卻要無所不能。雖然他不必為內容費心，但文字總要拿得出來，英漢字典管不了許多。詩文一定要同等拿手，國家元首或公司首腦的講稿、電報、男女的情書、政府官員來往的公信，描寫、說明、抒情的文章……都會碰到要翻。堂皇的、優雅的、諧謔的、俚鄙的詞語（文言的、白話的），他都得有。所有太空、醫藥、電腦等等的專門名詞都要能查得到。拿體育做譬喻，我們從不會叫網球名手跟拳師比武，參加馬拉松長跑，或者泳過英倫海峽。但是對譯家的要求，卻正像有這種情形。這是什麼道理呢？

　　英國的約翰遜博士**對翻譯的定義**是「變成另一種文字而保留其意義」。*S.O.D.*（縮本牛津字典）的是「從一種文字變成另一種文字」。好了，不必多引字典上的定義了，因爲這些定義都沒有接觸到核心。也許貝洛（Hilaire Belloc, 1870–1953）的定義比較接近些，他說：翻譯是「外國話借本國屍還魂」（the resurrection of an alien thing in a native body.）

　　嚴格說來，誰也不能翻譯所有的文件，也沒有譯者能說他有畢業的一天。能寫一種文字，能讀另一種文字並不見得條件都已具備。翻譯的技術和困難多得數都數不清。即使已經保存了原文的意思，往往還嫌不夠。要仔細考慮、運用想像力的事很多：語氣、不同的文化背景、每種文字道地的用法、語音的影響、文體（文到什麼程度，俗到什麼程度）、新觀念的措詞、相等語的搜尋（這件事做起來永無寧日）、某種文件的特用語，等等。

　　有時候，結構完全不同的句子譯起來倒不成問題（如 How are yor? 不會有人譯成「如何是你？」）；看起來毫無困難的倒反而譯不出來（如 Of all the Christian virtues none is more admired by the world at large than that of obedience; none is less admired for its own sake ── (Ronald Knox)* 我們碰到的，時常不是**翻譯**的問題，而是應付很大障礙去創作。不管譯什麼，小品文、小說、遊記；動人的對話，劇烈的或冷靜的辯論；不論作者的用意是詼諧、諷刺、指導、說敎等等；譯者的任務是用另

────────

*按這句可譯成：「基督徒各種美德裡面，大家最佩服的是服從，但爲服從而服從卻最不受人歡迎。」原文是他的講道詞「論服從」，收在 *Lightning Meditations* 裡（Sheed and Ward, London 1959）。

外一種文字重新創作，表現出作者的用意，產生同樣的效果。

小說家譯他不會寫的一種小說，會有困難。能用兩種文字寫文章，寫得同樣高明的人，未必能譯自己的文章。他們還得學。十七世紀英國詩人克拉肖（Richard Crashaw, 1612?-49），馬維爾（Andrew Marvell, 1621-7）先用拉丁文寫詩，再譯爲英文，並不稀奇，或者反過來把自己的英詩譯爲拉丁文（比較少些）也行。我們應該知道，他們在學校裡就練習了很久，而且寫拉丁文比寫英文還要容易。納波科夫（Valdimir Nabokov, 1899-1977）可以爲例。他的俄文、英文都寫得無懈可擊，卻沒有把自己的作品對譯。

記得我譯克羅寧（Vincent Cronin）的利瑪竇傳（*The Wise Man from The West*）「西泰子來華記」香港眞理學會出版），就不得不翻「明史」、「明通鑑」、「明史紀事本末」，利瑪竇自己寫的中文書，和他寫的，別人寫的，關於他和他傳教的書。時常有些英文書名和名詞本來是中文，我的工作不是翻成中文，而是把英文還原。很多名詞，稱呼，中文文體，已經過時了。克羅寧主要的資料來源是利瑪竇自己寫的「耶穌會來華傳教史」（*Della entrata della Compagnia di Giesue Cristianita nella Cina*）。「有時候，」克羅寧說，「他（利瑪竇）的文章不合文法，再還有用葡萄牙或西班牙字代替，他並不覺得……」克羅寧把它譯成英文，我再把它譯成（該說恢復爲）中文。找不到原書，就沒有辦法還原。而在原書裡找那些章節，實在是極吃力的事，因爲引用的或者提到的原書並不容易找到。書裡提到的中國是四百年前明朝的中國。利瑪竇進貢的貢品清單就不能譯。還有他的奏章也一樣（詳見「還原」一章）。

就如 passport 這個字，我就費了很多時間找明朝相等的名稱，因爲護照是十九世紀跟西洋接觸後才有的名詞。據王爾敏兄告

訴我，五口通商後這種通行證叫執照。後來才有護照這個名稱的。
「水滸傳」上有「文引」這個名稱，就是通行證，但任何字典上都
查不到。

　　利瑪竇棄僧爲儒，和徐光啓、李之藻這些人往來，用的稱呼等
等也和今天中國人所用的不同。這些都要找出來。此外，作者用生
花妙筆，寫殉道一般的這位耶穌會教士可歌可泣的一生，有一部分
文字抑揚頓挫，最好用文言翻譯，但是這本書既然譯給現代人看，
當然要用白話。

　　翻譯的人任何錯都會出的。我有位朋友有一次把 Santayana
當作了日本人，特地請教懂得日文的，那人譯成了「三田柳」。這
也怪那本雜誌不把這位美國哲學家的名字 George 列出，否則也
不會疑心到他是日本人。事實上譯者絕不能通曉各國的語言，不過
懂得各種重要語文的特徵，似乎也大有用處。外國固有名詞的譯音
是非知道不可的。英文裏德、法、義、西（單提這幾種文字）人名
地名通常保留原有的拼法，如果不知道這些文字發音的方法，當它
是英文，一定會譯錯。即使是英國的人名地名也極難讀準。我在
「翻譯研究」裏已經舉了好多例，讀者可以參考那本書裏「固有名
詞的翻譯」一章。

　　中國字個個有意義，用來音譯外國人名，困難多得很。有些
字，如「芳」，「娟」，「瑤」等等，女性意味很重，不能用來譯
男人的名字。有些字，如果「驥」，「岡」，「震」等等，男性意
味很重，不能用來譯女人的名字。姚莘農先生譯人名選字的功夫，
凡是譯者都該佩服。這都是他中文根柢好，識字多，精通音韻，才
有這個本領。從前只有飽學的人才能給別人起名字，因爲名字往往
由經書裏引來。外人的名字雖然不用引經據典，也不是可以亂譯
的。反過來中文名字用羅馬拼音，原有的意思丟光，有時也成爲解

決不了的問題。紅樓夢裡的裙釵，名字全有極重大的意義。但看各
譯者採用的方法不同，就可以知道。霍克思（David Hawkes）把
男女主角的名字譯音，丫頭和次要角色的名字譯意。這實在是萬不
得已，而且也值得贊成的。可見此事有多難。

　　詩不能譯，譯就是毀滅，已經是老生常談了。譯者只能再創
作，把一首詩用另外一種文字重新的寫出來。音調、韻律、辭藻、
是詩的性命，一經翻譯，就煙消雲散了。只有另創音調、韻律、辭
藻；不過這已經不是翻譯，而是創作。

　　試問李清照的「聲聲慢」，一開頭那十四個字，有甚麼辦法譯成
另一種外文？我看到已故耶穌會唐安石神父（Rev. John Turner,
S.J.）的譯文，很有新鮮之處。

尋尋覓覓，冷冷清清，悽悽慘慘戚戚。

I pine and peak

And questless seek

Groping and moping to linger and languish

Anon to wander and wonder, glare, stare and start

　　Flesh chill'd

　　Ghost thrilled

　　With grim dart

And keen canker of rankling anguish.

姑不論意思，譯詩的音調的確和原詞的有相似的地方。pine
和 peak 是雙聲；questless seek 頭尾各有一個 k，句中有三個
s 的音；groping 和 moping 是疊韻，linger 和 languish 是雙
聲疊韻，wander 和 wonder，不用說也是雙聲疊韻，以下的幾個

字不用再加解釋了。這是不會寫英文老派詩的人無論怎樣也創作不
出來的。

　　中國詩的另一方面也不許人翻譯成另一種文字。照江西詩派的
首領黃庭堅的說法，作詩要「無一字無來處」。他說，「自作語最
難。老杜作詩，退之作文，無一字無來處。蓋後人讀書少，故謂韓
杜自作此語耳。古之能爲文章者，眞能陶冶萬物，雖取古人之陳
言，入於翰墨；如靈丹一粒，點鐵成金也。」（他還有個說法：
「詩意無窮而人才有限；以有限之才，追無窮之意，雖淵明、少陵
不得工也。不易其意而造其語，謂之換骨法；規摹其意形容之，謂
之奪胎法。」不過這和翻譯沒有甚麼關係。）

　　翻譯的人永遠不能把這種妙處用外文表達出來。中國寫詩的人
很容易集古人的詩句，甚至是某一人的，成一首自己的詩。這又怎
麼譯呢？仇兆鰲說，「世言不讀書萬卷，不行萬里路，皆不可讀
杜」，這是說杜詩無一字無出處；不過不熟讀唐以前的書，不能充
分欣賞杜甫是千眞萬確的。除非中國的古典作品有人大量譯成西
文，西方有人熟讀，否則無論那位高明的譯者也沒有辦法把杜詩這
方面的好處譯給西方人欣賞。

　　順便可以一提的是，英文裡摹做某人風格，叫讀者覺得滑稽的
作品（parody），也是無法翻譯的。貝額彭（Max Beerbohm）
寫「聖誕節花環」（*Christmas Garland*），裡面就摹做了梅里迭
司（George Meredith）、威爾斯（H.G. Wells）、拉·憂利恩
（Richard Le Gallienne）、曼爾（Alice Meynell）等名作家。
他甚至還摹做自己！這種文章，誰能翻譯？即使會寫中文的英國人
也譯不出來。不懂這些人（連貝額彭本人在內）文章作風的人，怎
麼能欣賞這種諷刺文？

　　中文詩還有個特點，所有要欣賞它的人都該記在心裡。這就是

中國字的美。這些字沒有多少相同的，就像幾十幅圖畫，寫成條幅，掛在牆上，和畫出來的山水人物一樣，再好看也沒有。又像一群人，打扮得十分好看。任何一段散文也比不上。中國詩人多數是書法家，所以寫出來可以自娛，也娛讀者。這又那裡是能譯成外文的？

　　有些詩並沒有多少意義，這一點說來奇怪，可也是實情；這種詩好處只在語言美、音調和諧，你把這兩點消滅，賸下的那點詩意和感情就和沒有靈魂、血肉和衣服的骷髏差不多了。英國格雷（ Thomas Gray, 1716–71 ）寫的（ *Elegy in a Country Churchyard*「墓畔輓歌」）就是一例。全詩可以用幾句話來概括，意思陳腐而平庸。英國批評家瑞卻滋（ I.A. Richards ）在他的「實用批評學」裡說：

> 雖然如此，沒有甚麼了不起優點的詩有時也可以有極高的地位，無非是詩人對讀者所採取的態度完美到了家——這是指詩人要寫些甚麼而言。格雷的「輓歌」詩的音調運用得宜，十分感人，的確可以算是這方面最好的例子。這首詩的思想很難說有特色，或者清新，感情也沒有甚麼卓越之處。詩裡說的一連串思念和觀感，是任何好沉思的人在同樣情形下都能馬上就有的。這些平庸的思念和觀感不用說絲毫不會削弱它的重要性，而讀了「輓歌」，就知道偉大的詩並不一定要有大膽的嘗試和創見，就可以對我們有益。

這種詩譯出來，如果沒有新的優點加進去——語言的美、音調的動聽、典故的貼切——一定韻味盡失。

　　舉一兩個中詩的極端的例子，以見一斑。蘇東坡有首「章質夫

送酒六壺，書至而酒不達，戲作小詩問之」裡面有兩句：

> 豈意青州二從事
> 化爲烏有一先生

　　這一聯巧對，非常聰明，說穿了一文不值。不用說譯成外文人家不懂得「靑」對「烏」、「二」對「一」、「從事」對「先生」的工，也不知道「靑州從事」指酒，「烏有先生」指沒有；就是譯成中文白話，滋味也和嚼臘一般。讀舊詩的人肚子裡先有了典故、成語，知道對仗的規律，自然一讀就舒服愉快，嘆爲佳作。

　　也許有人認爲這兩句內容太空泛。且看杜甫的

> 花徑不曾緣客掃
> 蓬門今始爲君開

又那裡能譯？對仗排偶十六世紀在英國風行一時，栗立（John Lyly, 1554?-1606）*喜歡用長串的偶句，別人起而效尤，但不久就不時髦了。誰知道中國人卻喜歡了一千多年！

　　也許有人說這些詩可以置之不理，而其實即使不朽之作也有無法翻譯的。謝靈運的「池塘生春草」幾乎是中國詩裡最出名的一句，又有什麼意義？陶淵明「採菊東籬下，悠然見南山」可以翻譯嗎？

　　能用兩種語文寫詩的詩人或許可以譯自己的詩，不過我情願說

＊讀者可以找他的 *Euphues. The Anatomy of Wit,* (1578)，和 *Euphues and his England* (1580) 一看。

他兩次都是創作。他譯別人的詩其實也是創作。

　　我屢次想到譯者有時要做點編輯改寫的工作。記得初次看到狄更斯的「大衛考勃菲爾傳」裡面主角提到他父親的姨母，也稱「姨母」，大爲詫異，以爲一定是印錯。後來書裡一再提到「姨母」，這在中國人看來，簡直是大逆不道，犯上。不管誰翻譯這本小說，他都要改成「姨婆」，連最主張忠於原文字眼的在內。譯者得替中國讀者設想，即使加注說明也無濟於事。狄更斯死而有知，也不會怪譯者的。

　　中國小說家也可以把西方讀者嚇壞。唐朝沈旣濟寫的「任氏傳」裡面，有位有錢有勢的韋使君，愛上了女主角狐狸精任氏，任氏對他說：

> 愧公之見愛甚矣。顧以陋質，不足答厚意。且不能負鄭生，故不得遂公歡。

　　裡面提到的鄭生是任氏的愛人，受了韋使君很多恩的人。這段話譯成英文，極不堪入耳，而且也不可解。

I am ashamed of myself because of your affection. But since I am ugly, I cannot show my gratitude to you for your great kindness.
Nor can I be unfaithful to Mr. Cheng. Therefore, I am unable to gratify your 〔sexual〕desire.

　　我譯這篇文章，只得改動一下：

I am most grateful to you for your warm affection, but I

cannot requite it. Moreover, I shouldn't be unfaithful
to Cheng.

Therefore, I am unable to satisfy what you may be hanker-
ing after.

（譯回頭是「至感公之厚愛，惟不可報也，且不能負鄭生，故
不得遂公之所望。」）

英國人聽了覺得不成話的原因是，爲什麼狐女要那樣謙虛，說
自己醜陋。「遂公歡」也太露骨，因爲從前的人還沒有現在這樣開
通。英國維多尼亞時代的古板是出名的，只要看狄更斯小說裡一句
不端正的話都沒有就可以知道了。譯者遇到這種情形，就得想一
下，是否把字眼改掉，或者加以解釋。小說既然不是學術論文，越
少注越好，也就不必解釋了。而且讀小說的人爲了消遣的多，也懶
得去看注。翟理斯（Herbert A. Giles）譯「聊齋」加了幾百條
注，幫助他的讀者懂得中國的風俗習慣、傳統信仰、傳說等等。這
幾乎是一本中國民俗學的教科書。當然也是翻譯的一種，不過別人
不消學他。

語言的雅俗也是譯者要背的十字架。每種語言都有它的雅俗和
別的特點。中文沒有受教育的人從不犯「雙重否定」（double
negative）的毛病，而英美則最多。（如 I ain't doin' nothin'.
裡面有個省寫的 not. 下接 nothing。正規英文該說，I am not
doing anything.）中國沒有受教育的人只會用錯字，讀錯音，譯
成英文該怎麼錯法呢？英文讀錯的音，中譯裡又怎樣錯法呢？英國
一地的方言，要用中國那一地的方言來譯？用中國南方的方言譯英
美的南方的方言嗎？這種推理法是行不通的。三十年代的邵洵美用

蘇白譯盧斯（Anita Loos）所寫「紳士愛美人」書裡以美色騙男
人錢財的女人說的話，因為當時的歌女說的就是蘇白，所以非常成
功。

　　每種語文裡都有種種程度的雅俗，而且因人而異，要原封保
留，翻譯起來就困難極了。他們常常只有嘆口氣，承認自己沒本
領。這種翻譯要想免得旁人挑剔，是萬難的。還有別的問題呢。把
「大衛・考勃菲爾傳」裡密考伯先生特別的語言——漂亮流利的迂
迴說法、長句、時而中斷等等*——並不是辦不到，可是又吃力、
又費時間。密考伯先生說話、寫信，喜歡用「長話短說」（或譯為
「簡言之」），那一刻他說完、寫完，就是可憐的譯者大大透口氣
的時候了，不管譯成的文字是什麼。

　　簡單如 privacy 這個字，都要用好幾句話才能解釋得清楚。
英國人非常重視 privacy，就是人在自己家裡，沒有什麼外人見
到、接觸到，所以一切言行可以放心自由，這種情況（也是福分）
叫做 privacy。說「獨處」、「獨居」、「隱居」，都不完全相
同。中國的街坊鄰舍可以闖進獨居的人家裡，這樣一來他的
privacy 就完了。
　　現在有一個辦法，是譯音，另加詳註。劉殿爵教授翻譯「孟
子」，「氣」就譯為 ch'i，另行註解。這不但是最好，也是唯一
的辦法。中國的詞、賦、沒有現成的英文字可以用來翻譯，也只有
譯音，再加註。嚴復說「一名之立，旬月踟躕」並非誇張。佛教在
中國推行了將近二千年，有時差不多成了國教，譯經的工作經官家
認真推行了幾百年，而佛教名詞還是和外國文一樣，大家不懂。當

---

*見 G.L.BROOK *The Language of Dickens*, 頁160–1。

年譯者可曾料到？

　　生在基督教國家的人對天主教的神學名詞，可能只曉得一點皮毛，可是翻譯天主教文件的人就得多知道一點。舉 grace 這個字為例，一般譯為「神的恩典」，但照王昌祉神父在「天主教教義檢討」和「現代問題解答」裡卻把它分成了 actual grace（寵佑）、efficacous grace（有效的聖寵）、illuming grace（神光）、sacramental grace（本聖事的恩佑）、sanctifying grace（寵愛）、strengthening grace（神力）、sufficient grace（足夠的聖寵）等等。翻譯關於天主教的文章，少不得查查天主教的詞典，知道到底是怎麼一回事，才能下筆吧。

　　每種文字都有每種文字的特性。中文是單音字，所以有許多奇怪的現象。有時候，為了結構上需要一個字，就硬加進去，譯者無法翻，也不必翻。最近聽劉殿爵教授講起，他譯蘇東坡的「江城子──乙卯正月二十日夜記夢」末句：「明月夜，短松岡」他認為這個「短」字並無重要意思，完全是這句詞需要三個字，配上面的「明月夜」，而且要仄聲字。譯成 By the short pineclad mound，會叫讀者辨不清這個 short 是指「松」，還是指「岡」。於是毅然撇掉。這是翻譯的一課。

　　原文文法不通，用錯字，譬喻不當，結構鬆弛，自相矛盾，頭緒不清，種種的毛病都是免不了的。譯者是否要完全忠實呢？通兩種文字的讀者可能發見譯文有些地方比原文還好，作家也是人，不免寫錯。一本書誰也沒有譯者讀得那麼細心（這也是因為他非如此不可）。有什麼錯，他最會看出來。他沒有暴露原作者錯誤的義務，不過如果原作者寫錯了，以致無法翻譯，他要有本領看得出。因此譯者的外文要非常好才行（狄更斯就有許多文字上的毛病）。我看過一部集體翻譯鉅著，拿來和原文對照，有時發見所有原文用

錯字眼、結構有毛病、意思不合邏輯的地方，都給譯者弄妥當了。是為了保障作者的聲名呢？還是有別的原因？我猜想老手譯家都碰到過這種情形吧。*

　　文字愈豐富，越難用來做譯成語（target language 或譯作「譯入語」、「被譯成的語言」，以別於 source language「原文語」或譯「被譯語言」）。文化觀念不同，且不去提它，中文裡普通事物、感受等等都有許多詞語可供挑選搭配運用。譯者要下工夫搜索，揀最恰當的出來。找到了相當貼切的詞語之後，常常有更好的翻譯突然在腦子裡出現，要把譯好的改掉。（後來經過一番思考，有時又要改回。）所以翻譯一篇文章、一首詩、一本書，永遠改不完。舉個例說，某機構既有政府撥款支持，又有社會人士全力援助，英文說這個機構 uniquely situated。這句英文正有句成語可以諦譯，就是「得天獨厚」。原文的意思本來是「處境獨特」，和「得天獨厚」極少關連，可是碰巧用來譯這句英文，稱得上天衣無縫。不過這也是譯者絞盡了腦汁，苦想出來的；這種巧合可遇而不可求。簡單的一國語言字彙極少，沒有什麼可揀的。有時候，譯者只要譯音就行了。

　　大餐館的菜有幾十百種名目，單是蝦仁做的菜就有二三十種做法，點起菜來當然不容易。燒餅攤，只賣燒餅，顧客去買，就不用「點」了。

~~~~~~~~~~~~~~~~

*最近詩人黃國彬兄校我本文的英文原稿，發見利瑪竇「中華傳教史」原文書名有誤。克魯寧的書裡是 Della……christianit a nella ……按 a nella 在義大利文裡沒有意思。這個 a 應該連在上一字的結尾，作 -ta 而且義文的 christ- 裡沒有 -h-。我們斷不定是誰的錯，仍舊把它改正了。

　　世界上論字彙之富，中英兩文都算頂兒尖兒。我們做起這兩種文字的翻譯，說特別難些，也不爲過。

　　世上沒有一個人可以說是十全十美的譯家，最有學問的人，第一流的語言學家翻譯起來，也是一樣。有人譯得用心，譯了很多，漸漸有了專業的水準，不過儘管如此，他們並沒有百分之百的把握，偶爾也需要各種人幫他們的忙。很少人能夠對譯，例如能把中文譯爲英文，還能把英文譯爲中文。有些人確能兼擅，不過可能一種翻譯十分傑出，另一種不甚高明；充其量一種很行，另一種略遜。

　　高手看另一人的譯文，總可以看出其中的毛病，把它改好一些。俗說「棋高一著，縛手縛腳」，確是不錯。幹這一行是叫人失望的，不過也有報酬。一句難句忽然找到貼切傳神的譯文，不知道有多高興。翻譯文學名著心力耗得雖多，卻把譯者和天才拉在一起，多少分享創作的狂喜。也給人靈感。好像郁達夫說過，沒有像樣的東西可寫的時候，就翻譯。一翻譯心眼兒就開了。*

*這句話我竟一時找不到原書。

二十五、平仄可以不學嗎？

　　不知道幾時起，大多數的中國人就不注意中文的平仄了。五四那個時候，提倡白話文學的人都知道平仄的，即使多數的舊詩詞寫得不很好，也總會寫一點。但是此後學校裡也不敎平仄，到現在恐怕會敎的敎師也不多了。甚至在大學讀中國文學的也有很多不知道。

　　中文之有平仄（上、去、入是仄），猶如英文之有輕重音。中國人說中國話把四聲念錯，我們就聽不懂；我們說英語把輕重音念錯，英美人也不懂。而詩詞的平仄關係尤其重要。英詩的律也在輕重音，比韻還要緊。中國人說話大體上還分得四聲，但大多數說不出那個字是那個聲，也就是不知道平仄。

　　其實不但是詩，散文裡平仄的配合也極其重要。配得不好，讀起來彆扭，凡名家無不注意這一點。接連用仄聲字結尾，不消四句，讀者已經不舒服了，平聲也一樣。善於辨聲的人，也能把文章改好，知其然而不知其所以然。但如懂得平仄，用眼一看就知道毛病在那裡，改起來省力，幾乎和電腦一樣機械。不善辨聲也不懂平仄的人，文章寫出來不堪卒讀，叫讀者受罪。散文寫不好，有一部分怪作者不辨平仄。詩，即使是新詩，更不用說了。

　　我覺得可惜的是，辨聲並不難，大約有人講一次，學的人自己練習三五次，就一輩子忘不了了。何以大家竟忽略了幾十年？我說

容易，不妨乘此提出。要知道陰陽平、上、去這幾個聲，只要會念「蝦仁炒飯」就行了。入聲字國語裡沒有，凡是有入聲字的地方，會讀「入」這個字的，就知道入聲是什麼樣的聲了。粵語裡凡是用 p. t. k.收音的都是入聲，不是的就都不是。譬如有人名叫司徒友義，這四個字和蝦仁炒飯一樣的調子，就是陰陽平、上、去都全了。別的字也可以一個一個試去，看看是跟那一聲像。

五四運動以來，打倒舊文學成了目標，舊詩詞不做，當然不用學平仄。其實提倡白話文學的人個個都讀過很多舊詩文、寫點舊詩（也許是積習難忘吧），還寫文言文。胡適的留學日記就是用文言記的。我說這話，並無提倡文言的意思。但中國人寫了幾千年文言，到今天還用不少文言，要懂點文言，能寫點文言，理由是很明顯的。既寫詩文，不得不講究一點音調的和諧，研究舊詩也不得不懂平仄，那麼學校裡何以不講授呢？

胡適之提倡白話文沒有錯，近幾十年大家寫白話詩文也沒有錯，錯卻錯在不去承受文學的遺產，以為只要怎麼說話，就怎麼寫文章，行了。這是有文學遺產的國家不可以做的事情。西方國家的文學遺產是希臘、拉丁文的作品，英、法、德等國的人即使不寫希臘、拉丁文的詩文，也要念的。其實直到上一世紀的英國文人都能寫點拉丁文的詩。至於本國的文學名著更加要讀。以寫新式詩儼然做了英美詩壇盟主多年的艾略（T. S. Eliot）極重視文學傳統，態度保守，比他晚些的英美一流新詩人幾乎也無一不讀古典詩、能寫古典詩。今天中國有地位的新詩人也無不在舊詩詞上下工夫。問題是一般人沒有。

不注重四聲的毛病，隨手可以找到。我一翻翻到報上一篇文章，一開頭是這樣的：「……社會寫實主義的文學，造成了一些不必要的誤會，或者提供了機會，令若干人士做成故意的歪曲。」這

一句裡的「學」、「會」、「會」、「曲」四個頓全是仄聲。
「學」、「曲」二字又同是入聲，兩個「會」重複，同是去聲。即
使照國語把「學」字讀成陽平（大部分中國人全讀入聲），
「會」、「會」、「曲」也是三個仄聲。講究一些的人一定要改一
下，否則讀者會感到作者說話太急促，或者有些透不過氣的樣子。
作者可能對於平仄沒有受過訓練。

　　開風氣的人往往不會料到他所要開的風氣會有什麼後果。這也
許不能怪他。不過到了不良的後果出現，我們就應該大聲疾呼了。

　　附記：最近寄記出一文，忘記了寫題目，由友人代擬，用了四個
　　　　　平聲字，一個可平可仄，我看了好像覺得有人一手抓住我
　　　　　衣領，把我拎了起來，腳離了地。我趕快寫信更改題目，
　　　　　因爲這篇文章還要在另一處再刊出來的。

二十六、翻譯和烹調*

　　凡是在海外吃中國館子的，大都有個疑問：這些菜也算中國的
麼？舊金山唐人街上確有相當道地的中國菜和點心，紐約、檀香山
的也不錯，至於別的美國城市可就不敢過分恭維了。我們在國內何
曾見過「福餅」（fortune cookies）這類東西？

　　不用說國外，就是香港各省市的菜可以算是「原裝」嗎？粵菜
館的揚州炒飯是不是眞的揚州炒飯？上海館的鎭江餚肉是道地的鎭
江餚肉嗎？川菜是眞四川菜嗎？這些菜離開了著名的本地都變了
味，不是原料有問題，就是烹調不得其法。抱了懷鄉的情緒去嘗，
沒有不失望的。

　　中國菜歷史悠久，烹調術高妙，固然難以仿做，就是別國的名
菜佳肴，一出國門也同樣變質。西方人不會喝茶，自己也肯承認；
據美國人說，英國人咖啡煮得不堪入口，法國人不會燒漢堡牛排，
不會做冰凍牛奶蛋，義大利人不會做法蘭克福香腸。美國人喝啡咖
很普遍，比英國人煮得好，但若叫巴西人或任何南美洲的人品評起
來，還差得遠。他們喝美國的咖啡作嘔，怒不可遏。我們在臺灣、

*本文原已收入「林居筆話」散文集裡，因爲和翻譯很有關係，
也附錄在這裡。

香港、美國吃的義大利菜、法國菜、德國菜、西班牙菜，都有問題。這些菜的代表價值，比好萊塢電影裡拖辮子的中國人代表中國價值，高不了多少。烹調之不能離鄉背井有如此！（據說啤酒是經不起旅行的。）

　　由烹調我想到翻譯。我們讀中譯的世界名著，常常會生疑：這是喬叟嗎？歌德嗎？普希金嗎？我們傳達原文的音調、節奏、妙意能有多少？原作者在修詞、造句、用典故、雙關語、雙聲疊韻、口語等各方面用的心又能保存多少？恐怕不是謀殺、鞭屍，就是肢解、改裝吧。這也不能全怪譯者，許多困難是沒法子解決的。（中國廚子在外國買不到淡水的新鮮魚蝦，有什麼辦法？）有時是人事未盡。好的翻譯可能做到了帶點外國味的本國菜，失掉一些好處，也添了一些好處，**聊勝於無**，也大有可以欣賞的地方。如此而已。

　　事實上，劣譯卻失盡了原文的好處，一點新的好處沒有加進去。拿做菜來說，第一要洗乾淨，第二要切好，第三要加作料，第四要煮熟。這些是最起碼的要求，不必說還要五味調和了。最蹩腳、最不負責的廚子也不會把菜市上買回來的鴨鵝魚肉，立刻端上桌叫客人吃。可是有些譯文照原文逐字死譯，次序照舊，其髒、其生、其大塊無味，簡直和沒有洗、沒有煮、沒有切、沒有放作料的菜一樣，叫讀者怎樣嚥得下去！唐人街的炒麵、春捲，絕沒有這樣可怕！

　　我最近看到一本書的譯文：

　　既然我的記憶使他復活過來（只能這樣了，）既然比我過去，或從來任何人，更忠於它，那可愛的青春的記憶依然堅持當時它所重視的東西，我能說她改變了嗎？

這不是譯得對不對，好不好的問題，而是讀不讀得下去，透不透得過氣來的問題。這位譯者用功很勤，態度認真，我對他尊敬，但是他採用的譯法我卻不贊成。這種譯文很「忠實」，幾乎保存了原文裡每一個字。另一個方法是拋開原文，只譯意思、情勢、氣味。雖然有人會批評，「英文都沒有了，這那裡能算翻譯！」不過照我想，鹽化在水裡是應該看不見的。香港的法界翻譯用的是逐字譯法，以免出紕漏。不過文藝的文章寫出來是給讀者愉快的，如果這樣難讀無味，還有什麼用處？誰也不願意花錢上大餐館只吃木屑泥沙。原作者如果懂得這種文字，看了譯文，豈不要跟譯者拼命嗎？

　　進一步說，優美的散文、詩詞歌賦，都不許人翻譯。有些詩文意境當然絕妙，但形成篇章是詞提示的，作者可能因詞生意。如「梧宮秋，吳王愁」，還有像夢窗的詞，「何處合成愁，離人心上秋」。這種句子怎樣能譯成外文？即使有意在先，也要借現成的詞來敷陳。中國的詞最著重藻飾音韻，生命一大半在文字音樂，這兩樣一變，作者就半身不遂了。我們如果細細研究，可能查出各字各句的奇妙，仇兆鰲注杜詩，唐圭璋箋朱疆邨宋詞三百首是很好的借鏡。

　　不用說密爾頓、伍滋伍斯、田尼森這些人的詩難譯，就是培根、藍姆、加萊爾他們的散文也叫想介紹的人踟躕不前。高明的譯者即使能把他們的佳作譯成可以朗朗上口，明白曉暢的中文，那譯文也只是譯者的中文，培根、藍姆、加萊爾沒有了。這三個人的文章各有風味，全不一樣。培根精通拉丁文，寫英文不脫拉丁文大師的規矩，句句千錘百鍊，精警簡括，像中文的古文。藍姆把古文和白話揉在一起，別生妙趣，不容他人摹倣。加萊爾深受德文的影響，文字趨向生澀艱拗，卻極可咀嚼。我們如果找不到類似的文體、字眼、句法，即使譯出他們的意思，也沒有盡到全部的責任。

誰可以譯呢？

　　再說，不但譯成外國文，文言譯成白話也無法叫人滿意。認爲詩詞可以譯，等於說白蘭地酒是各種化學成分合成，只要有那些成分，就可造白蘭地。也好像說，人是化學成分合成，有那些成分就可以有人。也許。不過這種白蘭地的香醇，這種人的靈性沒有了。陶淵明的詩算是樸素而意境高遠的，我們能把它譯成白話嗎？「飢來驅我去，不知竟何之」是沈歸愚加了圈的佳句。如果譯成「飢餓趕我出門，我不知到底跑到那裡去」，讀來有什麼味道？

　　至於對仗工穩，音調鏗鏘，鍊字鍊句的詩詞，更難對付。杜甫的「百年雙白鬢，一別五秋螢」十字裡有四個數目字，如不是在五律裡，而他那時五十多歲，題贈給漢中王那人也在五十上下，就沒有多大意義。又「秋水纔添四五尺，野航恰受兩三人」這樣美的句子，譯成外文又有什麼意味？「香稻啄殘鸚鵡粒，碧梧棲老鳳凰枝」更是無法譯、不必譯的句子。宋朝有個唐庚，說過一句名言：「詩律傷嚴似寡恩」，錢鍾書用朱子的話來解釋：「看文字如酷吏治獄，直是推勘到底，決不恕他，用法深刻，都沒人情。」唐庚本人的「山好更宜餘積雪，水生看欲倒垂楊」倒像方才引的杜甫兩句。就是柳耆卿的「楊柳岸，曉風殘月」，那樣毫不雕琢的句子，譯成什麼也不會好。

　　小說是可以譯的，不過如果說毫無問題，也不見得。最近英國人霍克斯譯的紅樓夢，友人宋淇兄看了說好，但有些言語上的巧妙譯者也只有妥協。單是人名曹雪芹搞的花樣就夠叫譯者頭痛了。英文小說裡的人名沒有這麼多古怪，可也不完全不見經營。狄更司的「大衛・考勃菲爾傳」（林紓譯的「塊肉餘生記」）裡面有個壞蛋 Murdstone 這個姓明明是由 murder（謀殺）和 stone（石頭）合成──意思是鐵石心腸合成，不能說作者無心。我想了想，姑且

譯爲牟士多怎樣？有「奪取」的意思，此人欺凌孤寡，很合。牟士和謀殺音近，多則代表冷酷，和石頭差不多，希望能給讀者一點暗示。司多當然也可以，不過士的音更近殺字。

　　如果這個人不姓牟士多而姓 Killian（這是一位聖人的，也是一位德國喉科專家的姓）──Kill（殺）ian（借爲iron，等於鐵）──我就要另想辦法了。翻譯雙關語或類似的字句有時碰運氣，可遇而不可求。運氣不好，只有讓步。若干年前，我碰到一篇文章，題名 *Plain and Nancy* 這是襲英文習語 *plain and* fancy 而來，書中述女主人公容貌不美（plain）她名叫南斯（Nancy），而她的丈夫因爲愛她，倒覺得她美。那篇文章的中文篇名是「情人眼裡出南施」，這是巧合。

　　上面說的只是表明，翻譯要認起眞來，有許多事要留心的。人人會做獅子頭，但有人做出來的是硬而無味的肉圓子，有人做出來的是不像豬肉，香嫩味美的佳肴。都因爲要做這樣菜有許多條件，從選料、切碎，調味到火功，缺一樣沒有注意到都不行，不是把豬肉剁碎，搓起來一煮就可以吃的。好的翻譯要顧到看來極不相干的許多方面，和烹調相同。

　　翻譯名著是有用處的，即使是詩和講究的散文都可以譯，只要不要求太高。我們不能把外國的作家移植過來。至少可以讓中國人知道他們想些什麼，感覺些什麼。這件工作很吃力，有時不是對不起原作者，就是虧待了讀者。說到臨了，有譯本總比沒有譯本好。我們只希望今後做這件工作的人多下點準備功夫，多花點精神把譯文文字弄得容易讀些。值得高興的是現在的翻譯比幾十年前的確進步了。

　　我們對唐人街的中菜不滿，但是在國外的時候，一想到上館子總是往唐人街跑。唐人街館子裡的中國人多，外國人也多。這些有

特色的菜，總是中國菜。我希望我們的翻譯比起唐人街的中國菜來沒有遜色。

二十七、翻譯與國文教學

　　兩個民族有了交往，彼此的語言文字都一定會有變化。自從中國和海外各國接觸以來，我們都感覺到中文受了外文的影響，比較不容易知道的是外文也受到中文的影響。所謂外文，英文爲主，我要談的，也以英文爲限。

　　先略說中文影響英文的情形。不但字彙裡添了 yin（陰）yang（陽）chop suey（雜碎）tao（道）這些字，還有 long time no see（好久不見）這種文法不通的句子。最近美國尤其喜歡摹擬中文的說法遣詞，就如前些時「時代週刊」仿「大躍進」例就用了 Tang's Great Leap Outward（鄧氏大躍出）做標題。

　　相形之下，中文受外文的影響就太大了。不但許多「洋」字把中國原有的字趕走，語法改了，連文體、文章內容都和以往的大不相同。我們生當今日，一方面喜歡，一方面苦惱。喜歡的是中國的文字、文學有了新血液，更豐富一些，活力更多，更能跟上世界的潮流。好的影響如文法更精密些了，從前指爲「不通」的，現在可以解說是怎麼不通；是詞類用錯，還是主詞賓語的錯？等等，旣容易明瞭，又容易改正。新式標點尤其有用。插入語（parenthesis）的應用更加廣泛。文學方面，白話文成了正統，從前只有文言才有地位。

　　但是苦惱可多了。現在劣譯充斥，中國人寫的中文已經不像中

文。我並不是說，中文要永遠保持原來的面目，一成不變。但是本來豐富、簡潔、明白的文字，變成貧乏、嚕囌、含混不清，這並不是進步，而是退步，受到了破壞。時至今日，這種破壞已經深遠廣汎，絕不是輕易可以挽救的了。

　　說來奇怪，唐代譯的佛經，譯文不像中文，並沒有影響到一般人的寫作，雖然全國有人誦念。推測它的原因，大約是第一、經文太不像中文，念的人也不太懂，所以沒有進到中文主流裡；第二、經文雖然譯成中文，卻只有信佛的人才念，而一般梵文著作譯成中文的幾乎沒有。**不像現在報上的電訊十九是譯文**，新學術的書籍大半是譯文，**新文藝也有不少譯文**。大家都和譯文有接觸。

　　尤其糟糕的是大家看了劣譯以為是時髦，不但不去糾正，反而有意效尤，從此中文越寫越不像話。中文教師要教學生作文，做了「顯正」的工作不夠，還要做無窮盡的「破邪」的工作。

　　五四運動以後的新文學運動是了不起的，當時文壇鉅子如胡適，魯迅，叫人寫白話文，不要寫死文言也是對的。不過他們都是飽讀了文言書，能寫文言，也還在寫文言的人（魯迅的「中國小說史略」等，胡適的日記，都是用文言寫的），不知道自己矯枉過正。學生聽了他們的話不讀中國的詩和古文，不會寫文言，不知道平仄聲，結果中文沒有底子，加上劣譯的影響，簡直連什麼是中文也不知道了。

　　我曾研究了好些時的譯文，深感中文受英文的影響太大，我們已經不會說中國話，不會寫中國文了。去年看青年的作品，才知道他們的文章比劣譯更不像中文。已經寫了文章詳論，現在不再複述。

　　五四時代白話文巨擘，有意無意學西洋文作法。嫌中文不「嚴密」，就把名詞複數加「們」，動詞的時態分得更清楚，如完成式

一定加「曾經」，名詞前加用冠詞「一個」、「那個」，（全是畫
蛇添足），多用名詞以代動詞等等。就拿以「語言洗練」、「文筆
秀麗」著稱的朱自清而論，他的「槳聲燈影的秦淮河」裡第一句末
了「……我是重來了」，第一段末「我們開始領略那晃蕩著薔薇色
的歷史的秦淮河的滋味了」，兩個「了」字用得都不對，因爲旣不
表示有什麼情況出現，如「太陽出來了」，也不表示某種情況下出
現某種情況，如「他一看見你，就生氣了」。原來全文都濫用
「了」字。而且下一句連用三個「的」字，也嫌太多。他都如此，
別的人就不用提了。這也不能怪，因爲那時大家初初寫白話文，白
話文法沒有整理出來，當然會寫錯，也寫得不大好。現在國文教科
書選的全是這些作家的作品，誰來告訴學生裡面的錯誤和缺點呢？
學生拿它當範本，又怎麼寫得出通順的中文？何況中文根基不好，
根本也學不會。

　　上一輩的人儘管不大會寫白話文，到底中文書讀得多，也讀通
了，寫白話文的毛病還小，現在靑年犯的毛病可大了。報刊上很多
譯文算不得中文。此外因爲受劣譯影響，或一心要學時髦，摹倣劣
譯而寫的中文，也不完全是中文。加上廣播，電視播放的中文也不
通，力量卻大得驚人，小兒和成人耳濡目染，怎麼不給它同化？
（交通失事，有人受傷，送醫院治療，廣播說他「情況普通」，這
是什麼意思？是 in fair condition 的翻譯麼？壞透的翻譯！或者
說「情況令人滿意」，這簡直有點幸災樂禍的意味。我猜想「普
通」是指「並無大礙」，口語是「不要緊」；至於「情況令人滿
意」，還要看是什麼情況，才能決定什麼字眼。）

　　不但字詞、文法、連文章寫法也徹底改變。譬如說，我們向人
致謝，總是說，「承某某幫了什麼忙，做了什麼，我才能完成某一
件工作，特別要向他道謝。」現在受了英文寫法的影響，大家會

說，「我非常感謝某某的幫忙，因為假如不是他做了什麼，我的某一件工作就無法完成。」這當然並沒有寫錯，也許新鮮，不過有點不自然。不自然就不是進步。譬如說，「我不以為他會反對」就不是中國話。現在這樣寫，這樣說的人已經很多，其實是套的英文說法。中國人的習慣是說，「我以為他不會反對。」還有我們很少用「拒絕」這個詞下接動詞。現在的中國人很喜歡學英國人的說法，「我拒絕跟他談話。」這也不能算進步。

　　總括起來，譯文的壞處大約有以下四點：

　　第一是繁冗

　　簡約是文字的美德，時髦話是文字要「經濟」。最可惡的是用名詞代動詞，譬如「說明」不用，要用「作出說明」（「加以說明」雖然字數一樣多，但還是動詞，而且也討厭得好些。其實「說明」就「說明」好了）。「貢獻」不用，一定要用「作出貢獻」。「研究」不用，一定要用「作出研究」。平空加上無數中文本來用不著的「一個」、「一種」。有時一個人「一個」還不夠，要再加「一個」，如「一個肯上進、有決心、又謙和的一個人」。還有「藉著一個極好的機會完成一種吃力的工作」。「不可能」也很通行，凡該用「不」的地方，一定加「可能」：「不可能學會」代替了「學不會」。「性」字極可怕，現在幾乎什麼都有「性」，「一所醫院的完整性」、「這本書的可讀性很高」（我們不是說，「這本書很有味」或「大可一讀」嗎？）

　　可怕的轉彎抹角，浪費筆墨的例子，舉不勝舉。本文只有從略。

　　現在排字雖然比不上以往刻字辛苦，也不能這樣勞煩排字的，浪費紙張油墨呀。

　　第二是胡說。

現在人喜歡用「一定的」表示「某種」、「多少」。按這是英文a certain，不是中文。中文「一定」的意思是肯定實在，絕不能表示不確定的分量。上文舉的「情況普通」是另外一個例子。

第三是喜用「百搭」。

就如「接受」就代替了無數負了專責的動詞：領受、承認、認可、認為有理，以……為然、不錯、合意、答應、肯、應聘、理會、相信……「你的情意我接受」（我領你的情）、「大家指責他的，他已經接受（承認）了」、「你對這件事的解釋我接受（認為有理）」、「他對於時事所發表的意見，社會都接受（以為然）」、「你提出的辦法我接受（覺得不錯）」、「他請假，我接受（答應）了」、「本校請他來教書，他接受（肯）了」、「別人聽了這個解釋，立刻都能接受（理解）」……這種廣泛應用「接受」也沒有什麼特別不可以，不過中文本來充滿活力，也很明確，這樣一來，就變成貧血且而含糊了，大家也勢必越變越懶，豈不可怕！沒有開化的人用的字有限，一個字要當一百個字用；我們在四千年以前就已經有很多字了，現在還要退回到更古的時代去嗎？

第四是不合習慣。

每一種文字都有本身獨有的習慣，破壞了那習慣就破壞了這種文字。單說詞序就各有一定，甲文字的不能強加於乙文字。譬如「經過不知多少次」就不是中文的詞序。中文該說「不知經過多少次」。「越來越多的人喜歡抽香煙」應該改為「喜歡抽香煙的人越來越多。」。

又如中文不習慣用事物做主詞，少數仿西文例的事物已經在中國打下了天下，可以做主詞，如「失敗為成功之母」、「結婚是戀愛的墳墓」等等。儘管如此，一般的事物仍然不宜用來作為主詞。「這結論自然引起跟它而來的問題」、「他的不肯遷就是我的苦惱

的根源」。這一類句子很時髦，可是總像中國女子把眼睛畫得凹進去，頭髮染成淡褐色一樣，叫人看了不受用。中國人還是中國樣子好看，對本國人還是說中國話好聽。（上面兩句不妨改成「這個結論一下，自然就有許多問題跟著發生」，「他不肯遷就，我就苦惱了」或者改為「都是因為他不肯遷就，我才苦惱的」。）

上面說了，中文受了劣譯的影響，挽救已經不易。是不是還有辦法可想？

唯一挽救的辦法似乎是禁止學生看譯文。不過這一點怎麼也辦不到。你可以不許學生看翻譯的書，不可以不許學生看報。而且無數中文原作就是劣譯，禁不勝禁。

第二個辦法是鼓勵學生多看舊小說、文言的明清筆記，這樣養成一點知道什麼是中文的能力，也許可以釜底抽薪。

第三是訓練師資，改學生的作文，糾正學生的錯誤。到現在為止，還沒有一本像英國 *The King's English*（浮勒弟兄 H.W. and F.G. Fowler 著）的，講現代中文標準用法的書。所以大家亂寫，也沒有辦法知道錯在那裡。我們現在怪學生的中文不通，未免太不公平；應該要先研究他們的中文為什麼不通，然後對症下藥，幫助他們。這條路很長，不過一天不走，永遠站在原地，就怕將來想走，路已經沒有了。

翻譯研究　　　　　　　思果著　　　定價 150 元

「翻譯研究」第一本使翻譯成為學問的書，是散文家翻譯家思果先生寫作治學四十多年的心血結晶。詩人，散文家政大西語系主任余光中先生為文介紹本書是最適當的翻譯教材，政大西語系與國內許多大學指定參考書，並經香港各大學採用，香港翻譯學會推薦，對英文有興趣的人要看，學生要看，翻譯作家也要看的好書。

英文散文集錦　　　　吳奚真譯　　　定價 150 元

本書選譯精簡散文二十九篇。部份選自吳教授在師大講授英國散文之教材，或由其翻譯之書籍中摘出。原文與譯文均極優美，並對立身處世之道有所啟發，為自修英文與增進修養之最佳讀物。

嘉德橋市長 湯瑪斯・哈代原著 吳奚真譯　定價 270 元

湯瑪斯・哈代(Thoms Hardy)一八四〇年出生於英國，早年從事建築工作，後來從事寫作，成就斐然。由於他在文學上的偉大貢獻，曾獲三所大學頒贈文學博士學位，並榮獲英國政府頒贈殊功勳章。

「嘉德橋市長」為哈代的重要作品之一，是「一個性格堅強的人物的故事」。文學批評家麥克陶華爾（Mac Dowall）曾說：「哈代作品中有兩個人物將在英國小說園地中永垂不朽，一個女的，一個男的，女的是黛絲，男的是韓治德（即本書中的市長）。」作者從陳舊的三角愛情關係中演化出一個複雜的情節，其中充滿引人入勝的錯綜，經常使讀者對於人事滄桑和時運有一種變換莫測之感。

林園漫筆

思 果著 定價$180

編號：01030012

本書是思果先生近年作品的一部份，共收集散文四十四篇，他談人情世故和自己的感悟。思果先生寫散文半世紀以上，老年閱歷更多，體會豐贍，娓娓道來。淺的地方人人心裡有，沒有人寫出來，深的地方人多沒想到，他的議論都有事實為證，也引古今的著述參酌，他的文章講究，可以讀了又讀。

香港之秋

思 果著 定價$190

編號：01030006

思果先生的散文集，他的文章親切溫煦，樸直自然、並富有濃厚的人情味，令人不忍釋手，此外本書特別收錄了，『學生寫中文的遣詞造句』，『一句話給我的鼓勵』和『第一步的交代』值得您細細的品味。

同情的罪

沈 櫻譯 定價$200

編號：01050001

同情是把兩面有刃的利刀，不會使用的人最好別動手，同情有點像嗎啡，它起初對於痛苦確是最有效的解救和治療的靈藥，但如果不知道使用的份量和停止的界限，它就會變成最可怕的毒物⋯⋯。

毛姆小說選　　　　　　　沉　櫻譯　　　定價$180

編號：01050002

毛姆的十個短篇，毛姆作品對人性，生活觀察入微，冷靜透徹，娓娓
而談的親切筆調，不是把我們帶入他的故事，而是他帶著故事到我們
身旁，雖然有時偏見頗深，但總是蘊含著偉大作家擁有的悲天憫人的
胸懷。

一切的峰頂　　　　　　　沉　櫻譯　　　定價$180

編號：01050003

沉櫻女士趣味高雅，文筆優美，無論譯述及編撰，均深受讀者歡迎，
創立暢銷紀錄。「一切的峰頂」爲其選編作品中唯一之詩集，內容爲世
界名詩選譯及精闢詩論，詩爲文學靈魂，「一切的峰頂」雖爲一首詩名，
取作書名，意味尤爲深長確切。

悠遊之歌　　　　　赫曼・赫塞著　沉　櫻譯　　定價$160

編號：01050005

赫曼・赫塞難得一見的散文，他的作品以天地爲心，宇宙爲家，正是
我國儒家「天人合一」的崇高境界，他嚮往東方，說中國是他的第二
精神故鄉，所以很得我國讀者喜愛。本書並附錄「青春・美麗的青春」
爲赫塞力作，美得驚人的作品。其中總蘊含著大作家擁有的悲天憫人
的心懷。

翻譯新究／思果著. -- 六版. -- 臺北市：大地，
2001〔民90〕
面： 公分. -- (Learning：2)

ISBN 957-8290-42-X（平裝）

811.7   90010742

翻譯新究

Learning 002

作　　者	思　果
創 辦 人	姚宜瑛
發 行 人	吳錫清
主　　編	陳玟玟
出 版 者	大地出版社
社　　址	114台北市內湖區瑞光路358巷38弄36號4樓之2
劃撥帳號	50031946（戶名　大地出版社有限公司）
電　　話	02-26277749
傳　　眞	02-26270895
E - m a i l	vastplai@ms45.hinet.net
網　　址	www.vasplain.com.tw
印 刷 者	普林特斯資訊股份有限公司
六版四刷	2013年10月

臺
大地

定　價：280元